Juliette à Paris

Catalogage avant publication de Bibliothèque et Archives nationales du Québec et Bibliothèque et Archives Canada

Brasset, Rose-Line, 1961-

    Juliette à...

      Sommaire: t. 5. Juliette à Paris.
      Pour les jeunes de 10 ans et plus.

      ISBN 978-2-89723-733-2 (vol. 5)

I. Brasset, Rose-Line, 1961-   . Juliette à Paris. II. Titre. III. Titre: Juliette à Paris.

PS8603.R368J84 2014   jC843'.6   C2013-942497-0
PS9603.R368J84 2014

Les Éditions Hurtubise bénéficient du soutien financier du gouvernement du Québec par l'entremise du programme de crédit d'impôt pour l'édition de livres et de la Société de développement des entreprises culturelles du Québec (SODEC). L'éditeur remercie également le Conseil des arts du Canada de l'aide accordée à son programme de publication.

Financé par le gouvernement du Canada
Funded by the Government of Canada | Canadä

Illustrations de la couverture et intérieures: Géraldine Charette
Graphisme: René St-Amand
Mise en pages: Martel en-tête

Copyright © 2016, Éditions Hurtubise inc.

ISBN: 978-2-89723-733-2 (version imprimée)
ISBN: 978-2-89723-734-9 (version numérique PDF)
ISBN: 978-2-89723-735-6 (version numérique ePub)

Dépôt légal: 1er trimestre 2016

Bibliothèque et Archives nationales du Québec
Bibliothèque et Archives Canada

Diffusion-distribution au Canada: Diffusion-distribution en Europe:
Distribution HMH   Librairie du Québec/DNM
1815, avenue De Lorimier   30, rue Gay-Lussac
Montréal (Québec) H2K 3W6   75005 Paris FRANCE
www.distributionhmh.com   www.librairieduquebec.fr

Imprimé au Canada

www.editionshurtubise.com

ROSE-LINE BRASSET

Juliette à Paris

Hurtubise

Rose-Line Brasset est journaliste, recherchiste et auteure depuis 1999. Elle détient une maîtrise en études littéraires et a rédigé plusieurs centaines d'articles dans les meilleurs journaux et magazines canadiens sur des sujets aussi divers que les voyages, la cuisine, la famille, les faits de société, l'histoire, la santé et l'alimentation. Globe-trotter depuis l'adolescence, elle est aussi l'auteure de *Voyagez cool!*, publié chez Béliveau, et de deux ouvrages parus aux Publications du Québec dans la collection «Aux limites de la mémoire». Mère de deux enfants, elle partage son temps entre la vie de famille, l'écriture, les voyages, les promenades en forêt avec son labrador, la cuisine et le yoga.

*À Laurence, ma partenaire de voyage,
mon principal soutien en matière
de projets fous et ma complice indéfectible,
qu'il s'agisse de se lancer dans une nouvelle
aventure ou de… magasiner.* ☺

Jeudi 14 juillet

10 H

C'est le bruit qui m'a réveillée. Ma mère fait un boucan d'enfer dans sa chambre, qui est malencontreusement située juste à côté de la mienne. Pitiéééé! Je me lève déjà bien assez tôt comme ça au cours de l'année scolaire, est-ce trop demander que de pouvoir faire la grasse matinée pendant les vacances? J'ignore ce qui se passe, mais si elle est de mauvaise humeur, je sais qu'il vaut mieux éviter de l'affronter, alors je fais ce qui est le plus sage en la circonstance, je replonge tête première sous les draps en attrapant Éléphanteau au passage. Aaah! Les vacances à la maison! Quel bonheur, quand même, de pouvoir flâner chez soi sans remords! Ça fait au moins deux semaines que maman n'a pas parlé de voyage. Un record!

Fermant les yeux, je tente de me rendormir. Peine perdue! Il faut dire que le bruit dans la chambre d'à côté ne paraît pas vouloir cesser. Ma mère ouvre et referme des tiroirs avec rudesse et semble vider complètement sa garde-robe. Tiens, pour couronner le tout, la voilà qui parle toute seule. Elle perd la boule ou quoi ? Je tends l'oreille et reconnais même des jurons à travers ses récriminations :

— Je ne peux pas croire qu'au milieu de toutes ces vieilleries il n'y a rien que je puisse mettre aujourd'hui, torpinouche ! Non mais, citron de mauzusse d'affaire, de torpinouche de mautadine de garde-robe de misère !

Quand elle dit « mautadine » ou « mauzusse d'affaire », c'est qu'elle ne se peut plus. Elle doit donc être très en colère puisqu'elle vient d'aligner « torpinouche », « mautadine », « mauzusse d'affaire » ET « misère » dans la même phrase… L'heure est grave, je ferais mieux d'aller jouer ailleurs. Je vais rejoindre mon amie Gina, je crois. Il y a une piscine dans sa cour et, si je me fie au soleil qui traverse les rideaux de ma chambre, il va faire beau aujourd'hui.

10 H 15

Je sors du lit, m'habille en vitesse et attrape mon sac à dos dans lequel je glisse mon iPod et mon maillot de bain préféré. Puis je tente une fuite discrète en me faufilant hors de ma chambre sans bruit, essayant de gagner la cuisine furtivement.

— Oh ! Julieeette ! Viens m'aider, veux-tu ?

Merdouillette ! Quand ma mère étire ainsi le son « ette » de mon prénom, c'est signe que ça va barder.

— Qu'est-ce qui se passe ? demandé-je (en croisant les doigts pour qu'elle ne se lance pas dans un de ses monologues qui durent des heures et dans lesquels elle tente de m'expliquer en long et en large un truc plate que, moi, je résumerais en moins de trente secondes).

— Je dois aller retrouver le rédacteur en chef du magazine *Bout du monde* dans un très chic restaurant français de la ville, et je n'ai rien à me mettre, bougonne-t-elle avec un soupir d'exaspération.

Tiens, tiens. Elle vient de s'apercevoir que l'essentiel de sa garde-robe descend directement des années 1980-1990... C'est pas trop tôt ! ☺

— Depuis quand tu t'inquiètes de ce que tu portes ? Ne me répètes-tu pas constamment que l'apparence n'a pas d'importance et que seule la beauté intérieure compte ?

— Oui, bien sûr, admet-elle d'un ton impatient, mais là, c'est important.

— Comment ça, "important" ?

Est-elle vraiment en train de me dire que, la plupart du temps, ses grands principes et ses enseignements ne s'appliquent qu'aux choses sans importance?

— Il doit avoir quelque chose de spécial à me dire puisqu'il m'invite au restaurant, alors je veux être à la hauteur, tu comprends?

— Euh! C'est que Gina m'attend. C'est important aussi, on a prévu se faire bronzer au bord de la piscine chez elle.

— Julieeettte!

— Bon, bon! Ne te fâche pas. Tu veux que je t'aide comment au juste?

— Ben, en choisissant avec moi ce que je dois mettre.

Oups! Le terrain commence à devenir VRAI-MENT glissant là! Mais je crois que je n'ai pas le choix.

— Hum... OK. Laisse-moi jeter un coup d'œil à ce qu'il y a là.

Le contenu entier de la garde-robe de ma mère est étalé en pagaille sur son lit. Tous les tiroirs de sa commode sont ouverts et chamboulés, et plusieurs trucs informes et non identifiés jonchent le sol en compagnie de vieux foulards et de paires de chaussures à bouts pointus. Ça ne sera pas de la tarte de dénicher quelque chose de potable dans tout cela!

—Tu as pensé à la robe que tu portais à Noël?

—Elle est en velours noir et il fait déjà vingt-cinq degrés à l'ombre ce matin.

—Euh! Ouais. Je reconnais que ce n'est pas l'idéal. Et celle que tu portais à Pâques?

—Je viens de remarquer une vilaine tache de sauce devant.

—Ouais. Laisse-moi réfléchir encore. Et ce pantalon noir avec ton *top* en dentelle assorti?

—Trop informel. Le haut est sans manches. N'oublie pas qu'il s'agit d'un patron et qu'il ne m'invite certainement pas à l'heure du lunch pour me faire la cour.

Ça me semble une cause désespérée. Quelle idée aussi de ne rien jeter tant que ce n'est pas usé à la corde! Il y a trois tonnes de vêtements dans cette chambre, mais rien qui ne paraît pas tout droit sorti d'un épisode d'une vieille, très vieille télésérie quétaine. Soudain, mon regard est attiré par un chemisier blanc à manches courtes que je ne me rappelle pas avoir déjà vu.

—Et ça? Qu'est-ce que c'est?

—Oh, c'est une vieille affaire. Je l'ai acheté lors de mon premier séjour en Europe, il y a plus de vingt ans, mais il me va toujours.

— Et si tu le mettais avec ta jupe droite grise en coton ?

— Tu crois ?

— Ben ouais. Il est joli, ce chemisier. Tu pourrais le combiner à tes ballerines blanches, et le tour serait joué.

Padam ! Pas plus compliqué que cela. À treize ans, je suis indéniablement déjà une styliste de génie ! ☺

— C'est pas une mauvaise idée, sais-tu ? J'ai bien fait de le garder toutes ces années, ce chemisier. Je l'avais payé assez cher, d'ailleurs. C'est un modèle classique et… Oh là là ! Tu as vu l'heure ? Et je dois encore repasser la jupe et le chemisier !

La voilà qui oublie déjà mon existence et omet même de me remercier de l'avoir aidée. Sacrée maman !

— À plus tard, m'man. Je file chez Gina.

— Oui, à plus tard, choupinette, lâche-t-elle d'un air distrait.

J'espère que mon amie sera déjà debout. Ben quoi ? Il n'est même pas encore midi et nous, les ados, on n'est pas nécessairement des lève-tôt, hein !

Gina est ma meilleure amie depuis l'école primaire. Heureusement qu'elle a bon caractère, parce que je l'ai effectivement tirée prématurément du lit… Après avoir partagé un petit-déjeuner composé de jus d'orange et de croissants à la confiture, nous avons enfilé nos maillots de bain. Là, nous discutons au bord de la piscine, les corps dégoulinant de crème solaire, en écoutant de la musique.

— En tout cas, moi, un jour, je vais me présenter aux auditions de l'émission *La Voix*, ça c'est sûr, affirme Gina. Devenir chanteuse, c'est trop *hot*.

— Tu crois que tu as des chances d'être choisie ?

— Pourquoi pas ? Il faut croire en ses rêves dans la vie. Tu ne penses pas ?

— Ouais, tu as raison, et je trouve que tu as une voix extraordinaire. C'est vrai !

À la fin de cette année, mon amie a d'ailleurs terminé deuxième lors des éliminatoires de notre école visant à déterminer qui participerait aux finales régionales de Secondaire en spectacle. Je l'admire beaucoup, Gina.

— Et toi, Jules ?

— Quoi, moi ?

— Tu rêves de faire quoi de ta vie ?

— Oh ! Ben, je ne sais pas trop là.

À l'école, le français est ma matière préférée, alors je pense parfois devenir écrivaine ou journaliste, comme ma mère. Pour raconter nos aventures peut-être… ☺ Mais ce matin, je me dis que je pourrais plutôt devenir styliste, ou quelque chose dans le genre.

— Créatrice de mode !

— Comme Coco Chanel ?

— Pourquoi pas ?

— Cool ! Tu pourras dessiner mes robes de scène, alors.

Je ne sais pas. J'ai dit ça comme ça. J'aime tellement la mode ! Mais le fait est que je rêve surtout d'arborer le plus beau bronzage de toutes les filles de l'école lors de la rentrée ! Et puis, il faut bien l'avouer, ces temps-ci, je rêve en particulier à Gino, mon second *BFF*… Sa famille est originaire d'Argentine, en Amérique du Sud. C'est là qu'il se trouve en ce moment, pour les vacances d'été. Sinon, pendant l'année scolaire, je le vois tous les jours. Il me manque ! Lui, Gina et moi, nous sommes un trio inséparable. Je me demande ce qu'il fait en ce moment. J'espère que les filles ne lui courent pas trop après… Il est si beau !

La voix de la mère de ma copine me tire de ma rêverie.

—Dites donc, les filles, vous viendriez me donner un coup de main, là?

—Pour quoi faire, m'man? crie mon amie.

—Ben, pour la réception de ce soir, Gina! Tu sais très bien que nous recevons des amis à souper pour fêter le 14 juillet. J'ai une foule de trucs à préparer et je n'y arrive pas toute seule!

—Quel genre de trucs?

—Des amuse-gueules et d'autres choses à manger. Il faut aussi sortir les plats de service, installer les luminaires extérieurs, sortir du mobilier de jardin supplémentaire du garage et...

—Mais, m'man, on est occupées, là.

—Giiiiiina! Je viens de dire que j'ai besoin de vooous!

Ça y est! Le fun est fini. J'ignorais totalement que la mère de Gin (c'est le diminutif de Gina) pouvait elle aussi étirer à l'infini une syllabe du prénom de sa fille lorsqu'elle est énervée... Même que je sens poindre dans sa voix certains des signes qui, chez ma mère, annoncent l'arrivée imminente d'une tempête... La mère de ma meilleure amie souffre-t-elle également de ça? Je suis étonnée!

— Ça va, ça va, t'énerve pas, m'man! Tu viens m'aider, Jules?

Ai-je vraiment le choix? 😣 Il semble que je sois l'assistante de service aujourd'hui. Pfff...

13 H 30

Ginette, la mère de Gina, a un nouvel amoureux. Il s'agit d'un voisin fraîchement débarqué dans le quartier. Un Parisien d'origine, à ce qu'il paraît. Ça veut dire qu'il a vécu près de la tour Eiffel. Il en a de la chance! En ce moment, il travaille chez Ubisoft, chez qui il conçoit des jeux vidéo. Je trouve ça très cool, mais Gina ne l'aime pas trop. Elle dit qu'il se moque de son accent et la reprend constamment. Je ne vois pas quel accent elle peut avoir, mon amie! Franchement. C'est vrai pourtant que j'ai remarqué quelques changements dans la façon de parler de sa maman ces derniers temps. On dirait qu'elle se croit constamment en train de postuler un emploi à la télévision... C'en est drôle! Elle fait des efforts considérables pour bien prononcer toutes les syllabes des mots, en particulier quand son nouvel amoureux est là. Et elle ne dit plus «J'en ai assez!», mais «J'en ai marre!», ou «Je vais prendre une marche», mais «Je vais me promener » ou « me balader ». Elle ne parle pas de son « chum », mais plutôt de son « copain », et je l'ai même entendue employer les termes « lave-linge » et « sèche-linge » pour parler de la laveuse et de la sécheuse. Hilarant !

Aujourd'hui, 14 juillet, c'est la fête nationale des Français. Comme chez nous le 24 juin et le 1er juillet. (Maman dit que nous sommes probablement le seul pays au monde à célébrer deux fêtes nationales !) Ginette a invité quelques amis. Elle a prévu des vins français, de la nourriture typiquement française et de la musique française. À la fin de la soirée, il y aura des feux d'artifice. Je me demande dans quel pays ils ont été fabriqués... Maman et moi sommes aussi conviées, évidemment. Cependant, il y a des tonnes de choses à faire en prévision de cette soirée, et je me retrouve enrôlée de force dans l'exécution des préparatifs. Grrr...

Le plus pressant, aux dires de Ginette, c'est d'apprêter la nourriture. Moi qui déteste couper des légumes, me voilà, couteau en main, en train de trancher des champignons. Beur-kkke ! J'aime pas les champignons !

—Il y a quoi à faire après ? questionné-je.

—Laver les huîtres et disposer les escargots dans les plats de service.

—Oh! 😝

En tout cas, les invités de ce soir ne risquent pas de mourir de faim. Enfin, ça dépend de leurs goûts, évidemment... Quant à moi, je pense que je vais aller souper à la maison. Parce que ici, au menu, il y aura du foie gras de canard, des huîtres, de la salade d'endives, des cuisses de grenouilles, des escargots à l'ail, des miniquiches aux champignons, du steak tartare et, pour le dessert, de la baguette et diverses variétés de fromages qui puent. Si c'est ça, la cuisine française, je renonce à voir la tour Eiffel!

—Non mais, avouez qu'il faut être plus que bizarre pour même PENSER à goûter des cuisses de grenouilles et des escargots... C'est malade! m'exclamé-je.

—Que vas-tu chercher là, Juliette, voyons! Il s'agit de plats on ne peut plus raffinés, me contredit la mère de mon amie.

—...

Gina ne dit rien, mais je vois qu'elle se retient pour ne pas étouffer de rire. Ben quoi? J'ai raison, non?

15 H

Devant notre manque d'enthousiasme dans la cuisine, Ginette a fini par nous chasser en nous demandant de sortir la deuxième table de jardin du garage ainsi qu'une demi-douzaine de chaises. Gina et moi nous occupons donc de disposer joliment le mobilier et les accessoires. Deux nappes identiques à carreaux rouges et blancs donneront l'illusion d'une seule et immense table. Au centre de celle-ci, nous plaçons des vases en verre dans lesquels nous avons mis des fleurs fraîchement coupées. À l'aide d'une échelle, nous installons aussi des guirlandes de lumières blanches qui vont d'un arbre à l'autre. Çà et là, nous installons enfin des petits fanions aux couleurs du drapeau français, c'est-à-dire bleu, blanc et rouge. Je recule pour juger de l'effet. Hum, très joli ! Je pense que je pourrais aussi bien me lancer dans la décoration et le design !

16 H

Nous prenons une petite pause bien méritée sur le sofa du salon et regardons un vieux film en noir et blanc. Ça s'appelle *Le Fantôme de l'Opéra*. C'est l'histoire d'un musicien défiguré qui vit dans des tunnels et des caves situés sous un bâtiment, et qui se venge de personnes qui lui ont fait du tort. C'est censé faire peur, mais ça nous fait plutôt rire. Je me demande s'il est vrai qu'il y a des tunnels secrets sous certaines villes…

— Tu t'habilles comment, toi, ce soir? veut savoir Gina, qui ne semble pas captivée par le film.

— Pourquoi? Ça a de l'importance?

— Maman dit que, comme c'est la fête des Français, il faut faire un effort particulier et s'habiller pour l'occasion.

— Et ça veut dire quoi, ça?

— Ben, j'imagine que ça veut dire qu'il faut s'habiller en bleu, en blanc ou en rouge.

— Ah bon!

— Tu sais, Paris est la capitale mondiale de la mode. Il paraît que les Parisiennes s'habillent super bien, en toutes circonstances, comme des mannequins, certifie mon amie.

— T'as raison. Je l'ai entendu dire aussi. Surtout que c'est la ville d'origine de Coco Chanel.

— Gisele Bündchen, elle est parisienne?

— Non, brésilienne, mais c'est égal. Elle est sublime! Ma mère dit que la mode est superficielle et que tous les mannequins sont anorexiques, tu crois que c'est vrai?

— Pas du tout! Gisele Bündchen n'est certainement pas anorexique. D'après ma mère à moi, la mode est un art au même titre que la peinture, la musique et la littérature. Je suis plutôt d'accord avec elle. La meilleure amie de ma cousine, qui vit à Montréal, connaît une fille qui se trouvait trop maigre à quatorze ans, et les filles de sa classe se moquaient d'elle en la traitant de girafe parce qu'elle les dépassait toutes d'une tête. Eh bien, tu sais quoi? Elle a été repérée par une agence de mannequins un samedi matin alors qu'elle magasinait avec sa mère. Elle a passé un mois à Paris et elle a défilé dans des robes de grands couturiers valant plus cher que toutes les chaussures que possède ma mère. T'imagines? Heureusement que maman aime magasiner, ça va peut-être m'arriver aussi!

— Ouais, t'as raison. Mais pour que ça arrive, il faut à tout prix rester mince et cesser de grignoter entre les repas.

— Ben justement, j'ai pris la résolution de faire attention à ma ligne, cet été.

— Je vais faire comme toi, approuvé-je. C'est décidé!

De la cuisine, la mère de Gina nous appelle :

— Dites donc, les filles, vous avez envie d'un sundae de crème glacée au chocolat?

—Ouais, avec deux boules, du sirop et des jujubes! hurlons-nous en chœur en sautant sur nos pieds.

16 H 05

Arrivé depuis peu, Dominique, le nouveau copain de Ginette, nous a remplacées dans la cuisine.

—Alors, les gosses, vous faites quoi à l'intérieur alors qu'il fait si beau dehors? nous interpelle-t-il.

Je regarde mon amie, incrédule.

—Comment nous a-t-il appelées? chuchoté-je.

Elle s'esclaffe avant de m'éclairer :

—Les Français appellent les enfants des "gosses". C'est drôle, non?

(Malade! me dis-je intérieurement.)

—Maman dit que nous avons le droit de regarder la télévision, annonce-t-elle à l'intention de Dominique.

—C'est quoi, ce film? Le décor me dit quelque chose, observe-t-il.

—*Le Fantôme de l'Opéra*. C'est un genre de film d'horreur, sauf que c'est loin de nous faire peur, explique Gina. C'est vieux!

—Ah oui! Je me disais aussi. Super film! Vous savez que ça se passe à Paris?

—Vraiment? m'exclamé-je.

—Oui, le fantôme vit caché dans les caves qui sont sous l'Opéra Garnier.

—Ah bon!

Des caves et des tunnels sous Paris? J'aimerais bien voir ça un jour, moi! pensé-je en tournant les talons pour retourner devant la télé déguster mon sundae.

17 H

De retour à la maison pour me changer avant la soirée, je retrouve ma mère au même endroit que ce matin, c'est-à-dire debout devant sa garde-robe, la mine catastrophée.

—Tu fais quoi là, m'man? Ça s'est bien passé, ton rendez-vous avec ce rédacteur en chef?

—Hum! Si on veut, oui. Je cherche quelque chose à me mettre pour la réception de ce soir et pour toute la semaine prochaine, en fait. Il faut d'ailleurs que je te parle à ce sujet.

—Ah bon! Tu veux qu'on aille magasiner ce week-end? supposé-je, le cœur plein d'espoir.

—Pas tout à fait, pitchounette. Pense plutôt à préparer ta valise. Nous partons pour Paris.

—Hein, quoi?

25

—Dimanche soir. Une commande de dernière minute de mon rédacteur en chef, qui veut que j'aille couvrir le phénomène du mois des soldes.

—C'est une blague?

—J'ai bien peur que non.

—Ils ont quoi de particulier, les "soldes" français?

—Ils sont réglementés par une loi spéciale. Ça veut dire qu'ils n'ont lieu que deux fois par année et ne durent que six semaines. En été, ils débutent le dernier mercredi de juin.

—C'est vraiment plate, pourquoi cette loi?

—C'est ce que je dois aller découvrir, pomponnette.

D'habitude, j'ai horreur que ma mère m'attribue tous ces ridicules petits noms en « ette » dont elle a le secret. Là, je l'ai à peine entendue tellement je suis sonnée par la nouvelle. N'importe qui à ma place sauterait de joie, n'est-ce pas? Nous venons à peine de rentrer de voyage que ma mère veut déjà repartir! Et les après-midi où Gina et moi espérions nous faire dorer au bord de la piscine? Décidément, ma vie est un enfer! Je ne connais personne qui aimerait sauter sans arrêt d'un avion à l'autre. Certainement pas vous, non? C'est pourtant ce que ma mère m'oblige à faire depuis quelques années! Depuis qu'elle a abandonné son métier d'infirmière pour devenir journaliste, nous passons notre temps à prendre l'avion sous prétexte qu'elle rêve de faire le tour du monde. Et mes rêves à moi? Ai-je envie d'aller à Paris, moi? Euh... Ça dépend de ce qu'on va y faire, évidemment. J'espère qu'ils valent la peine, leurs «soldes», comme ils disent. Et puis, je me demande bien quelles aventures nous attendent cette fois, ma mère et moi...

Lundi 18 juillet

7 H 30

—Votre attention, mesdames et messieurs, sollicite la voix du pilote de l'avion dans lequel je viens de passer les huit dernières heures, dans moins de trente minutes, nous atterrirons à l'aéroport Roissy-Charles-de-Gaulle. Il est 7 h 30 du matin à Paris, le ciel est dégagé et la température au sol est présentement de trente-deux degrés Celsius.

—Ça se peut ça, m'man, trente-deux degrés Celsius ?

—Je suis surprise. D'habitude, il ne fait pas si chaud à Paris. Il semble que nous arrivions en pleine canicule, ma pucette.

—Pas de problème, moi, la chaleur, j'aime ça. Je vais peut-être même avoir l'occasion de me faire bronzer, tu crois pas ?

—Ouais, eh bien, on verra !

Une fois remplies les formalités d'usage, nous sortons de l'aérogare. Le temps est absolument éblouissant. Ça promet! Mais il est vrai que la chaleur, ça fait transpirer... Je sens la sueur dégouliner sur mes tempes et dans mon dos. Ma mère se met en quête d'un taxi. C'est là que la question du logement s'impose à mon esprit.

— Dis, m'man, on va habiter où ici? Il y aura une piscine?

(Elle a certainement loué une chambre dans un fabuleux hôtel! Le genre d'endroit où je suis susceptible de croiser des célébrités à tout bout de champ, à n'en pas douter! Je suis très excitée! Je vais peut-être rencontrer Kevin Bazinet, ou Marie-Mai en train de magasiner, ou, mieux, Cody Simpson et Taylor Swift. Hé, hé, hé!)

— Oh! Je ne te l'ai pas dit? Le nouveau copain de Ginette, Dominique, nous prête son pied-à-terre ici.

— C'est quoi ça, un "pied-à-terre"?

— Il s'agit du petit appartement qu'il a conservé pour ses séjours à Paris. C'est dans le 11e arrondissement, tout près du cimetière du Père-Lachaise.

— Oh! Vraiment?

Les mots me manquent. Un petit appartement situé à côté d'un cimetière ? Cette fois, ma mère s'est surpassée. VRAIMENT ! Grrr...

9 H 45

Le taxi nous dépose devant le 47, rue Léon Frot. Juste en face de l'immeuble où nous devons loger, il y a un restaurant appelé Bistrot Mélac.

— Nous devons aller chercher la clé dans ce bistrot, m'apprend maman.

— Hein, quoi ? Comment ça ?

— Dominique m'a demandé de passer la prendre ici. Il assure que les propriétaires sont très gentils et qu'ils s'occupent de son appartement en son absence. Il dit surtout qu'ils nous aideront si jamais nous avons un pépin. Ça a l'air sympa, non ?

(Voilà que ma mère se met elle aussi à parler comme une Française : elle dit « sympa » au lieu de « cool »...)

— Quel genre de pépin ?

— Je ne sais pas, moi. Si nous avons besoin d'un renseignement, par exemple, ou si nous avons un dégât d'eau... Enfin, il est très peu probable que cela arrive, mais on ne sait jamais. Mieux vaut avoir des contacts dans le voisinage. Viens, entrons.

Comme il n'est même pas 10 h, le bistrot n'est pas encore ouvert, mais un garçon est en train de faire la mise en place sur la terrasse pour l'heure du lunch. Grand, mince, bronzé et les cheveux « paddés » sur le côté, il doit avoir environ quatorze ou quinze ans. Il porte un jeans serré juste ce qu'il faut, une chemise blanche avec les manches roulées jusqu'aux coudes et un tablier noir. Il est SUPER beau, ça ne se dit pas à quel point ! Quant à moi, je descends à peine d'avion, alors j'ai les cheveux emmêlés, certainement une haleine de cheval, je porte un pantalon de jogging trop grand et un t-shirt XXL (tellement confortable pour les voyages en avion !). Misèèère ! Peut-être que si j'essaie de sourire… En tout cas, lui, il sourit de toutes ses dents. (Je pense que je vais plutôt me cacher derrière ma mère, tiens !)

— Bonjour, nous n'ouvrons nos portes qu'à midi. Puis-je vous être utile à quelque chose en attendant ?

— Bonjour, je m'appelle Marianne Bérubé. Dominique Arouet, qui habite l'immeuble d'en face, nous prête son appartement pour une semaine. Il m'a dit que nous pourrions prendre les clés ici.

— Oh ! Je connais bien Dominique, mais je ne savais pas que nous avions ses clés. Je vais me renseigner auprès du patron.

Se tournant vers le fond de la salle, il crie :

— Hé, oncle Roger ! Il y a ici une dame qui vient de la part de Dominique Arouet.

Derrière le comptoir, un homme se relève. Il a le front dégarni, de grosses moustaches et un large sourire, lui aussi.

— Que puis-je faire pour vous, chère madame ?

— Je viens prendre les clés de l'appartement de Dominique. Je suis Marianne Bérubé.

— Et qu'est-ce qui vous fait croire que je vais vous remettre les clés de cet appartement ? Vous arrivez d'où comme ça ?

— Eh ben, de l'aéroport, bafouille maman. Dominique a dû vous écrire qu'il me prêtait son appartement, non ?

— Pas du tout, ma p'tite dame, rétorque le gaillard, l'air tout à fait sérieux. Vous êtes canadienne ?

— Oui.

— Du Québec ?

— Oui.

La réponse de ma mère est à peine audible. Elle a l'air si dépitée qu'elle me fait presque pitié. Pauvre maman ! Ça commence mal...

— Ça s'entend, hé. J'aime bien les Canadiens, moi. Et la petite, c'est votre fille ?

— Oui. Je vous présente Juliette.

— Écoutez, ne prenez pas cet air malheureux. On dirait que vous allez vous mettre à pleurer et je ne supporte pas de voir les larmes d'une femme.

— Vous avez vérifié vos courriels ces derniers jours ? insiste encore ma mère.

Le patron se gratte le sommet du crâne, perplexe, avant de continuer :

— Moi, tous ces trucs qui se passent sur Internet, ça me dépasse. Je laisse généralement cela à ma femme. Je vais aller vous ouvrir l'appartement et je vérifierai mes emails, ou mes courriels, comme vous dites, tout à l'heure. Je ne vais pas laisser une mère et sa fille à la rue, tout de même ! Ça vous va ? Allez, ne vous en faites pas, ça va s'arranger. Ce n'est pas tragique.

L'ombre d'un sourire las se dessine sur le visage de maman.

— Je vous suis très reconnaissante de me faire confiance, monsieur.

Il me semble plutôt gentil finalement, l'oncle Roger ! Il se tourne vers le garçon qui nous a accueillies tout à l'heure :

— Arthur ! Donne-moi un coup de main, tu veux ? Nous allons accompagner ces deux petites dames à l'appartement de Dominique.

Tiens, tiens, le neveu s'appelle Arthur... ☺

L'appartement est au premier étage, il nous faut donc monter une douzaine de marches. Nous avons de la chance de ne pas avoir à transporter nous-mêmes nos valises. Mon cœur bat un peu et je devine que maman ressent la même chose. À quoi ressemblera donc notre foyer pour la prochaine semaine?

Padam! Nous y voilà. Contre toute attente, au premier coup d'œil, le logement est lumineux et semble aussi propre que confortable. Nous découvrons une petite cuisine tout équipée, un salon spacieux avec de grandes fenêtres offrant une super vue de l'animation de la rue, une minuscule salle de bain... sans bain, mais avec une douche hyper moderne. La déco, toute en rouge et noir, est super géniale! Ouvrant la porte de l'unique chambre, je soupire de déception. Il n'y a qu'un seul lit... Grrr! Qui a encore envie de dormir avec sa mère à l'âge de treize ans? Pas moi en tout cas! Y a jamais rien de parfait, on dirait!

Après avoir fait le tour des lieux avec nous, et nous avoir montré où était caché le mot de passe de la connexion wifi, le patron du Mélac tend les clés à maman et s'apprête à partir avec son neveu.

—Si vous avez besoin de quoi que ce soit, n'hésitez pas à venir nous voir. Je vous reviens dès que j'ai contacté Dominique. En attendant, bon séjour à Paris, les petites dames.

— Merci, monsieur, vous êtes réellement un gentleman, le complimente ma mère.

Moi, je n'ai pas dit un seul mot depuis tout à l'heure et j'essaie de me faire oublier, mais ça n'empêche pas le garçon de me saluer à son tour :

— Au revoir, mademoiselle. Au plaisir de vous recroiser. Au revoir, madame.

Il m'a appelée « mademoiselle » ! Je rougis comme une pivoine. C'est fou ce qu'il fait chaud dans cet appartement ! Ils n'ont donc pas l'air climatisé dans cet immeuble ?

10 H 15

Ça y est. Nous sommes chez nous ! Ou presque... Maman est déjà en train d'ouvrir et de refermer tous les placards, inspectant les moindres recoins.

— Voilà qui est très bien, ma chatounette, décrète-t-elle à l'issue de sa petite investigation. Accrochons vite nos affaires dans la penderie et allons visiter les environs. Pour lutter contre le décalage horaire, il ne faut surtout pas nous asseoir ou nous allonger. Nous risquerions de nous endormir alors que nous devons rester alertes jusqu'à ce soir. Tu as faim ?

—Euh, oui.

—Le mieux serait d'aller faire quelques provisions.

—On ne pourrait pas plutôt aller manger au bistrot en face, proposé-je, pleine d'espoir.

—Une autre fois, pitchounette ! Allez, change-toi.

—D'accooord.

Une fille s'essaie. ☺ Chose certaine, je ne me fais pas prier pour enlever mon pantalon de jogging et mon grand t-shirt. À la place, j'enfile un minishort en jeans et une blouse légère à motif indien. Vivement qu'on aille arpenter les trottoirs. Après tout, on est ici pour voir Paris, non ?

10 H 30

Dans la rue Léon Frot, je tourne la tête dans tous les sens. Tout est très différent de chez nous : les bâtiments, les commerces, les vitrines. Je jubile !

—Dis, m'man, elle est où, la tour Eiffel ?

—Dans le 7e arrondissement, poussinette.

—C'est loin d'ici ?

—Assez. Il faut prendre le métro pour y aller.

—Mais je croyais que cette tour était si haute qu'on pouvait l'apercevoir de partout dans Paris.

—Qu'est-ce qui a bien pu te faire croire cela, choupinette, voyons ? Ce n'est pas le mont Fuji quand même ! Les meilleurs endroits pour la voir sont le Trocadéro ou le Champ-de-Mars, deux parcs situés tout près de la tour. Je t'y emmènerai demain si tu veux.

— Pourquoi pas tout de suite ?

— Parce qu'on n'a pas le temps maintenant. Sois patiente, poupounette.

Qu'est-ce qu'elle peut m'énerver avec ses surnoms en « ette » !

10 H 45

Nous poussons la porte d'une boulangerie située tout près de notre immeuble.

— Bonjour, mesdames, nous accueille l'employée.

— Euh, bonjour, madame. Avez-vous des croissants ? s'informe ma mère. J'en voudrais quatre.

— Des "croissints", non, indique la dame, mais j'ai des "croissonts", cependant.

— Ben, c'est ce que j'ai dit, rétorque maman. Des croissants.

— Non, vous avez dit des "croissints", s'obstine la vendeuse. Vous venez du Québec, c'est ça ?

J'écarquille les yeux de surprise. Mais qu'est-ce qui lui prend, à cette dame, avec son histoire de « croissonts » ? Elle est maboule ou quoi ? Elle ne comprend pas le français ? Elle n'est pas très polie en tout cas !

— Oui, c'est ça, confirme patiemment maman. Et j'aimerais aussi acheter une baguette de pain.

— *Do you want something else ?*

— Hein ? laisse échapper ma mère, interloquée. Mais je parle français, pas anglais.

— Avec votre accent, mieux vaut sans doute parler anglais, se moque effrontément l'employée. Ici, on dit du "pan" et non pas du "pin". Vous n'êtes pas facile à comprendre, vous savez. Il vous faudrait mieux articuler. Voici vos "croissonts" et votre baguette. Ça fera cinq euros et quarante centimes. Vous comprenez ce que je dis ?

Piquée au vif, maman tend un billet de dix euros en serrant les dents. Elle prend ensuite la monnaie qu'on lui rend et sort précipitamment de la boutique sans dire ni merci ni au revoir, m'obligeant presque à courir derrière elle.

— Non mais, quelle mégère, cette bonne femme ! grommelle-t-elle.

— Il s'est passé quoi, là ? Je ne suis pas certaine d'avoir tout compris, moi. C'est quoi cette histoire de "pan" ?

— Bienvenue à Paris, ma chérie ! Attache ta tuque parce qu'on n'a pas fini d'entendre ce genre de commentaires sur notre accent !

— …

Décidément, ce début d'aventure est décevant. Et moi qui croyais que tout serait plus facile à Paris qu'ailleurs parce que nous partageons la même langue ! Ça ne me semble plus si sûr…

11 H 30

Après avoir terminé nos courses, sans autre encombre, dans un petit supermarché appelé Carrefour Express, nous rentrons à la maison pour ranger nos achats et manger un morceau. Nous avons rempli le frigo de produits laitiers alléchants, dont des flans au caramel, de la crème brûlée en petits pots et des yogourts aux fruits portant des noms aussi exotiques que caramel et litchi, figues de Barbarie, grenade ou mangoustan. Miam ! Maman dit que c'est un véritable plaisir de faire l'épicerie ici en raison de la variété des produits offerts. Heureusement, elle a aussi trouvé des spaghettis et de quoi cuisiner de la sauce bolognaise… En attendant, nous avons acheté des sandwichs au thon déjà préparés et une salade.

Notre repas englouti en deux bouchées, ma mère propose d'aller faire un petit tour au cimetière du Père-Lachaise.

—C'est juste à côté et, à l'ombre des arbres plantés là-bas, nous ne devrions pas avoir trop chaud.

—Tu me niaises là? demandé-je, méfiante. C'est vraiment le premier endroit où tu proposes de m'emmener?

—C'est une des principales attractions touristiques de cette ville, pitchounette! Il paraît que les sépultures d'Amedeo Modigliani et de sa compagne, Jeanne Hébuterne, s'y trouvent, ainsi que celles de Molière, d'Édith Piaf et de Jim Morrison, une de mes idoles de jeunesse.

(Tu parles d'une attraction! Vous connaissez une de ces personnes, vous? Moi pas! ☺)

—C'est qui, ce Jim Morrison? Encore un peintre ou un écrivain?

—C'est un très célèbre chanteur de rock américain du temps de ta grand-mère, et elle m'a demandé de lui rapporter une photo de la tombe.

—Hein? Tu veux dire que grand-maman et toi avez été fans d'un chanteur rock? J'te crois pas!

—C'est pourtant le cas. J'ai déjà eu seize ans, tu sais, et ta grand-mère aussi. Le groupe dont faisait partie Jim Morrison s'appelait The Doors, et je regrette tellement de n'avoir jamais eu l'occasion de les voir en concert. On dit de lui que c'était un "poète maudit", un peu comme Charles Baudelaire.

Il est mort ici, à Paris, dans des circonstances mal
élucidées, et il est rapidement devenu une légende
de l'histoire du rock. Il est décédé l'année de ma
naissance...

—Eh ben!

Je suis épatée. Ma mère a le don de toujours
réussir à me surprendre. J'ai vraiment de la misère
à l'imaginer en groupie d'un groupe rock! Quant
à ma grand-mère, rien que d'y penser, j'ai envie de
rire. La visite de ce cimetière en vaut peut-être la
peine après tout...

12 H 15

Le fameux cimetière du Père-Lachaise (drôle
de nom quand même!) est situé à environ dix
minutes à pied de notre appartement, au bout de
la rue de la Roquette, qui croise la rue Léon Frot.
D'après maman, il s'agit de l'un des plus célèbres
cimetières au monde. Qui aurait cru que ce genre
d'endroit puisse devenir célèbre? En tout cas, il
est immense et effectivement planté d'arbres
gigantesques, genre les plaines d'Abraham, vous
voyez? Mais avec des monuments, des stèles, des
tombeaux et des mausolées. Pour éviter de s'y perdre, on se procure un plan, disponible à l'accueil.
L'emplacement approximatif où sont enterrés les

personnages les plus connus y est indiqué, en ordre alphabétique. C'est qu'il y en a, du monde, là-dedans ! Penchée sur le plan, l'air on ne peut plus sérieux, ma mère tente de s'y retrouver.

— Besoin d'aide, m'man ?

— Hum... La carte indique que la tombe de Jim Morrison doit être quelque part par là, dit-elle en pointant l'index vers le bas du plan, division numéro 6. Quant à Modigliani, il est à l'autre bout, division numéro 96. Comme il y a plusieurs dizaines de sépultures par division, ça ne va pas être de la tarte de les dénicher, à mon avis.

Tentant d'y comprendre quelque chose, je jette à mon tour un coup d'œil sur le plan. Le cimetière est partagé en quatre-vingt-seize divisions. Une véritable petite ville peuplée de... morts. Ma mère a raison, on n'est pas sorties de l'auberge si on tient à retrouver la tombe du chanteur des Doors. Il y en a au moins des milliers d'autres ici ! Mieux vaut que je prenne les choses en main !

— Suis-moi, il faut partir vers la droite et monter vers le nord, interviens-je.

— Tu en es certaine ?

— Fais-moi confiance.

— D'accord.

Je ne suis pas réellement sûre de moi, mais nous ne tardons pas à arriver devant un écriteau indiquant que nous sommes effectivement dans la division numéro 6. YÉ! Reste à trouver la sépulture. Là, c'est la confusion, parce que aucun numéro ne les distingue. Où est cette fameuse tombe? Mystère et boule de gomme...

Au milieu des stèles funéraires à demi effacées, des tombeaux sont éventrés, laissant voir une ouverture vers l'intérieur et me permettant d'imaginer que des fantômes s'en sont peut-être échappés pour hanter les lieux à la nuit tombée. Brrr! Je frissonne à cette idée. Oooh, non! Il n'est PAS QUESTION que je regarde dedans. Ne comptez pas sur moi!

Soudain, je vois un attroupement devant une clôture en fer forgé. Des fans du chanteur maudit? M'approchant de la stèle, je lis l'inscription: *James Douglas Morrison 1943-1971.*

— J'ai trouvé ton chanteur, m'man!

— C'est vrai, ma choupinette? Oh! je suis si contente!

Drôle de réaction! Sacrée m'man. Je me demande en quoi admirer la tombe d'un musicien mort peut rendre heureux...

Nous devons pourtant jouer des coudes pour atteindre la clôture protégeant la sépulture recouverte de fleurs. D'après ma mère, il s'agit de la tombe la plus visitée et la plus fleurie de tout le cimetière. Je vois bien ça! La plupart des badauds ont presque l'air en transe, ma mère y compris.

— Si je meurs ici, penses-tu que je peux demander à être enterrée avec Jim Morrison? me questionne-t-elle.

— Mais enfin, m'man, reprends-toi! Ça va pas!

Ils sont fous, ces adultes! Et dire qu'ils passent leur temps à s'indigner du comportement des ados!

15 H 15

Après trois heures d'errance dans ce cimetière de malheur à chercher des tombeaux introuvables et à essayer de déchiffrer un plan indéchiffrable, je meurs de soif et j'ai mal aux pieds. Il fait TROP chaud. Je n'en peux plus! Et ce n'est pas ici que nous risquons de trouver une piscine... J'en ai assez! Nous avons vu la sépulture d'Amedeo Modigliani, le peintre, et celle d'Édith Piaf, la chanteuse, mais nous n'avons jamais trouvé celle de Molière ni de Colette (une écrivaine féministe du début du XXe siècle, paraît-il).

— T'as pas vu assez de tombes, m'man? J'aimerais bien retourner à la maison, là.

— Ah, non! Nous sommes à Paris, pas question de rentrer de si bonne heure!

— Mais j'ai soif et je suis fatiguée, pleurniché-je.

— Il fera sans doute aussi chaud dans l'appartement qu'ici. Ça te dirait d'aller aux Galeries Lafayette ?

— C'est quoi ça ? Un musée ?

(Je me méfie de ses propositions d'endroits plates à visiter !)

— Non, un centre d'achat. Il y aura certainement l'air climatisé là-bas.

— Oooh ! Bonne idée !

(Je dois avouer que ma mère a tout de même parfois des idées brillantes ! ☺)

15 H 30

Rien de plus facile pour se déplacer dans Paris que de prendre le métro. Et moi, le métro, j'adore ça ! À la station Père-Lachaise, nous descendons sous terre pour prendre la ligne 3 jusqu'à la station Opéra, où nous remontons à la surface. Un jeu d'enfant !

À la sortie, je ne vois aucune trace d'un quelconque centre d'achat, mais un magnifique bâtiment à colonnades se dresse devant nous. Il est orné de sculptures et des statues dorées sont perchées au sommet. Au centre le coiffe un gigantesque dôme de cuivre teinté de vert-de-gris, comme le

Château Frontenac à Québec. Wow! Je n'ai jamais rien vu d'aussi beau. Curieusement, je ressens pourtant une impression de déjà vu... Nous nous approchons de la bâtisse pour l'admirer.

—Ai-je déjà vu cet édifice, maman?

—Dans un film peut-être? Il s'agit du Palais Garnier. Un des lieux mythiques de Paris. Les plus fameux artistes, chanteurs d'opéra et danseurs de ballet s'y sont produits, mais, surtout, une légende raconte qu'un fantôme y a élu domicile.

Ma mère a pris un air mystérieux, propre à attiser ma curiosité et mon imagination.

—Un fantôme? Qu'est-ce que c'est que cette histoire?

—Elle est tirée d'un roman publié en 1910. L'auteur se serait inspiré d'une histoire vraie, d'un fait divers qui avait apparemment fait grand bruit dans les journaux de son époque.

—Ah oui? C'était quoi?

—Dans les années 1870, un jeune pianiste nommé Ernest était éperdument amoureux d'une danseuse du conservatoire avec qui il entendait se marier. Un jour, alors que le jeune homme était occupé à composer une musique destinée au jour de leurs noces, l'édifice abritant le conservatoire a pris feu. Le terrible incendie a fait de nombreuses victimes, dont la belle danseuse. Tentant de sauver sa fiancée, le jeune homme a été complètement défiguré par des brûlures, paraît-il. Le pauvre! C'est atroce, non? Accablé de chagrin et de honte, Ernest a disparu. On dit qu'il se serait caché dans les souterrains situés sous l'Opéra, alors en construction.

— Des souterrains? Je crois que j'ai vu un film qui racontait cette histoire chez Gina, le jour de la fête du 14 juillet.

— C'est très possible. Après le roman, de nombreux films ont été tournés à partir de cette histoire. La légende prétend que le jeune musicien est mort seul et oublié de tous, quelque part dans le sous-sol de l'Opéra, après y avoir vécu des années. Mais ce que raconte surtout le roman, c'est qu'après l'incendie, et pendant longtemps, des faits étranges se sont produits dans cet opéra.

— Quel genre de faits?

— Bien, par exemple, on affirme que cet endroit est maudit, car il a été la treizième salle de spectacle construite à Paris.

— Ah bon.

— Et qu'en 1896, le spectateur de la place numéro 13 a perdu la vie lorsqu'un lustre de cristal lui est tombé dessus.

— Ayoooye!

—Il paraît aussi qu'à la même époque un machiniste a été retrouvé pendu, sans raison apparente, et qu'une danseuse s'est tuée en tombant d'une galerie sur la treizième marche du grand escalier.

—Oooh! Exactement comme dans le film!

—Oui. On a attribué ces malheurs successifs au fameux "fantôme de l'Opéra", et la légende a survécu jusqu'à aujourd'hui.

—Wow! J'en ai des frissons. Mais y a-t-il vraiment un souterrain sous l'Opéra?

—Pas uniquement sous l'Opéra Garnier, mais dans tout Paris, ma chérie. Il existe une véritable ville souterraine constituée non seulement du métro et des égouts, mais aussi de centaines de caves reliées entre elles par des tunnels.

—Sérieux?

—Absolument!

J'aimerais bien voir ça!

15 H 50

Le ciel semble vouloir s'obscurcir. On dirait qu'il y a des risques d'orage! Hum...

Tout près de l'Opéra, à l'angle de la rue de la Chaussée d'Antin et du boulevard Haussmann, nous nous retrouvons devant les Galeries Lafayette Haussmann.

— C'est un grand magasin, un peu dans le style du Macy's à New York, non? constaté-je en apercevant les vitrines couvertes des traditionnelles grandes affiches annonçant les soldes, où est écrit : *Soldissimes... Jusqu'à -70 %*.

(De quoi régler définitivement tous nos problèmes de garde-robe, à ma mère et moi. ☺)

— Oui, mais pas n'importe quel grand magasin. Encore une fois, il s'agit d'un lieu légendaire. C'est un magasin de luxe. Les plus grandes stars y font des achats, et l'architecture de l'immeuble principal est d'une richesse et d'une beauté jamais égalées par aucun autre magasin. Viens, entrons. Il faut que tu voies la coupole en verre et les balcons.

— Une coupole? Des balcons? C'est un magasin ou un opéra?

Wow! Et re-wow! L'intérieur du grand magasin, qui s'étale sur pas moins de sept étages, est d'une beauté à couper le souffle. Au cœur du bâtiment principal, on se croirait vraiment dans une salle de bal et le clou du spectacle est effectivement la paroi du gigantesque dôme de verre! Les yeux en l'air, je suis éblouie. Le plafond scintille de mille feux et l'ensemble est mis en valeur par trois étages de balcons somptueusement sculptés, dorés et décorés de motifs floraux. Un véritable château de conte de fées! La mâchoire décrochée, maman et moi sommes bouche bée devant tant de splendeurs.

—Y a pas à dire, nous sommes bel et bien à Paris, résume ma mère.

16 H 15

Une fois nos yeux redescendus, les présentoirs et les affichettes annonçant des soldes mirobolants retiennent toute notre attention. L'air climatisé accomplit des miracles sur notre niveau d'énergie. Ce n'est pas une blague, une fois lâchées dans cet endroit, nous perdons toutes deux carrément la boule! Me croirez-vous si je vous dis que le magasin, situé à l'origine au numéro 1 de la rue La Fayette, occupe aujourd'hui plusieurs édifices et mesure presque un demi-kilomètre de long? L'idée géniale derrière les Galeries Lafayette est de proposer sous le même toit le plus large éventail au monde de grandes marques de vêtements, de chaussures, de sacs à main de luxe, de bijoux, de parfums hors de prix et de produits de beauté. À prix courant, on ne trouve pas le moindre foulard de soie à moins de cent euros! Les soldes, c'est le rêve éveillé de toute personne de sexe féminin normalement constituée. Grimpant d'un étage à l'autre, maman et moi essayons des dizaines de vêtements et autant de paires de chaussures. Nous nous amusons comme des petites folles, il faut bien le dire!

18 H 30

—Ah! soupire ma mère, appuyée à la rampe d'un escalier roulant, une paire de chaussures neuves aux pieds et un grand sac plein de jolies affaires dans chaque main, je n'avais pas magasiné autant pour moi depuis l'époque où j'étais encore étudiante.

—*OMG*, ça faisait longtemps en ciboulette, oui!

—Allons, Juliette, pas tant que ça, voyons donc!

—Quand même, ça doit remonter aux années 1990, non?

—Justement, ce n'est pas si loin que ça, les années 1990.

—Tu parles, c'était au siècle dernier! Ni moi ni aucune de mes amies n'étions même encore nées!

Moi aussi, j'ai pas mal de sacs à transporter. Maman m'a donné cent euros avant notre départ. Comme je suis riche, je me suis acheté une jolie paire d'espadrilles ornées de dentelle orange, un t-shirt imprimé de taches multicolores psychédéliques, une petite robe soleil à dos ouvert et un brillant à lèvres. J'ai aussi des nouvelles sandales, un cardigan rose et une robe-short en coton indien, cadeaux de ma mère. Elle peut vraiment être géniale, ma maman, parfois! Je ne l'échangerais pour rien au monde! ☺

L'escalier roulant nous emmène au dernier étage du magasin. Il paraît qu'il y a une terrasse sur le toit avec un restaurant, et nous mourons de faim et de soif. Mais quand nous arrivons à destination, c'est la vue de Paris qui nous éblouit! C'est trop malade! Les nuages de tout à l'heure ont disparu et le beau temps est revenu. À perte de vue, je distingue des corniches ornées de sculptures, des dômes, des horloges monumentales et des statues juchées sur des toits! On croit rêver! Ouf!

—Tu reconnais l'Opéra là-bas, Juliette?

—Oui. Juste là, dis-je, fière de moi, en le pointant du doigt.

—Et plus loin, l'édifice tout en longueur qui ressemble à une immense verrière?

—Je le vois.

—C'est le Grand Palais, un bâtiment de style art nouveau qui fut construit pour l'exposition universelle de 1900.

—Aah! Et il se passe quoi dans ce palais?

—On y accueille des expositions d'œuvres d'art.

—Hum… (S'il s'agit d'un musée, bof…) Oh! Regarde plutôt là-bas, m'man! Je vois la tour Eiffel!

—Oui, c'est bien elle. Tu es contente ? Et plus loin à gauche, il y a...

—Dis, on peut s'asseoir et prendre quelque chose au restaurant ? Je suis contente, oui, mais un peu fatiguée quand même, là.

Ma mère me fait parfois penser à une sorte d'encyclopédie vivante, et voyager avec elle peut s'avérer aussi passionnant qu'agaçant, selon mon humeur. Ce qu'il y a, c'est qu'il me faut souvent freiner ses ardeurs, parce qu'elle ne sait tout simplement pas s'arrêter !

—Bien sûr, poussinette. Tu as faim ?

—Je meurs de soif.

Bien qu'il y ait un restaurant dans un coin, l'immense terrasse est accessible à tous. Çà et là, des fauteuils et des causeuses attendent les visiteurs désireux de prendre une petite pause bien méritée en observant la ville. Je ne veux effectivement plus qu'une chose : m'asseoir et boire quelque chose.

—Avec la tour Eiffel, cette terrasse est l'un des endroits offrant l'une des plus belles vues de Paris, m'informe maman. Et ça ne coûte rien ! Installe-toi sur ce siège et repose-toi. Je vais nous chercher de quoi boire au bar et voir ce qu'il y a à grignoter au menu.

Ma mère revient, un jus d'orange et un verre d'eau à la main, la mine déconfite.

— Ben voyons, m'man. Qu'est-ce qui t'arrive ?

— Je crois qu'on va rentrer manger à la maison, ma puce.

— Pourquoi ?

— Sais-tu combien m'a coûté ce jus d'orange ?

— Trois euros peut-être ? (L'équivalent de quatre dollars et vingt-cinq sous environ. Cher !)

— Six euros, ma puce. Pas loin de neuf dollars canadiens. Il y avait une fontaine. Je me suis servi un verre d'eau…

— D'accord. J'ai compris. On rentre.

J'avale mon jus d'orange en vitesse, surprise de ne pas découvrir, à ce prix, de l'or au fond de la bouteille…

Mardi 19 juillet

9 H

J'émerge doucement des brumes du sommeil. C'est le bruit de la rue qui m'a réveillée, du moins, il me semble. À moins que ce ne soit la voix de ma mère qui parle au téléphone… Je tends l'oreille.

— Non, je ne dis pas qu'il vente, je ne parle pas de la température, je dis que j'aimerais parler avec votre gérant des ventes. Oui, c'est ça, des veeentes. Hein? Comment ça, mon accent? Quel accent? Je n'ai pas plus d'accent que vous, madame, pardonnez-moi de vous le dire!

Je souris. Pauvre m'man! Ils lui font la vie dure, ces Français!

— Ah! Bonjour, madame. Je m'appelle Marianne Bérubé et je suis journaliste. J'aimerais faire une entrevue avec vous concernant le phénomène des soldes aux Galeries Lafayette. C'est ça, oui, aujourd'hui. En après-midi? Pas de problème, euh, je veux dire "bien sûr". Je serai là à 14 h, sans faute. Merci, madame. C'est ça, au revoir !

Ayant raccroché, ma mère vient voir si je suis réveillée.

— Alors, ma pucette, tu as bien dormi ?

— Tout à fait. Et toi ?

— Je me suis réveillée autour de 3 h du matin et je ne suis pas arrivée à me rendormir. C'est l'effet du décalage horaire.

— Oh ! À qui parlais-tu au téléphone ?

— À la directrice des ventes des Galeries Lafayette. J'ai pris rendez-vous avec elle cet après-midi pour mon article.

— Hum. Et je vais faire quoi, moi, pendant ce temps-là ?

— Tu viens avec moi et puis c'est tout.

— Mais je vais m'ennuyer à mourir pendant que tu poseras toutes tes questions.

— Tu pourras m'attendre sur la terrasse ou visiter le rayon des jouets que nous n'avons pas eu le temps de voir hier.

— Hum ! Tu as raison. D'accord, je viens. Mais il n'est pas question que je te suive partout toute la semaine comme un petit chien de poche.

— Tu proposes quoi comme autre solution, ma poussinette ?

—Je ne sais pas. Je pourrais peut-être rester dans l'appartement.

—On verra ça plus tard. Tu as envie de faire quoi ce matin?

—Tu as promis de m'emmener voir la tour Eiffel, non?

—Chose promise, chose due. Allez, habille-toi et viens vite prendre ton petit-déjeuner pendant que je regarde quel trajet nous devons faire pour nous rendre là-bas en métro.

10 H

En sortant de notre immeuble, j'étire le cou, juste pour voir si Arthur est de l'autre côté de la rue. Il est là. L'apercevant, je rougis comme une petite fille. Quelle horreur, cette affaire de rougissement juvénile. Vous pensez que le rouge de ma figure peut passer pour un simple coup de soleil? Enfin, j'imagine que c'est moins grave que de subir une attaque d'acné… Et puis, avec cette vague de chaleur qui sévit, tout le monde a le visage écarlate et en sueur. Enhardie par cette pensée, je lui fais un petit signe de la main en guise de salut. Il me renvoie la politesse avec un sourire éclatant. *OMG!* Qu'il est beau quand il sourit!

À la station de métro Charonne, à deux coins de rue, nous prenons la ligne 9. Pour passer les tourniquets, il faut avoir en main son billet et le valider. Maman en a acheté une dizaine au guichet « Information » situé juste à l'entrée de la station. Il y a foule dans le métro ce matin. Nous descendons de voiture à l'arrêt menant aux jardins du Trocadéro. Je suis déjà hyper excitée, mais ce n'est qu'en mettant le nez dehors que je la vois, ENFIN. Wooohooo! *OMG!* Je ne peux pas croire que je suis ici! Elle est là, tout près: la fameuse tour Eiffel, la tour la plus célèbre du monde entieeer! Elle touche presque le ciel! Hiiii! Je suis trop heureuse! Si mes copines me voyaient! Oh! Je voudrais tant que Gino et Gina soient là pour l'admirer avec moi! En tout cas, les sœurs Lirette (nos ennemies jurées, à ma *best* et à moi) étoufferaient de rage si elles savaient.

— La tour est l'œuvre de Gustave Eiffel et de ses collaborateurs, qui l'ont érigée pour l'exposition universelle de Paris de 1889, commente maman. Elle est toute en acier.

— Formidable! On peut s'en approcher?

— Bien sûr, ma chatounette.

Traversant un boulevard, nous gagnons une grande place, au pied de la tour.

— Elle fait quelle hauteur, m'man ?

— Avec l'antenne à son sommet, elle mesure trois cent vingt-quatre mètres. Après son inauguration, elle est restée le monument le plus élevé du monde pendant quarante et un ans, jusqu'à la construction du Chrysler Building de New York en 1930. Tu te rends compte ?

— Wow !

S'il n'y avait aucune chance de croiser des célébrités hier au cimetière du Père-Lachaise (je veux évidemment dire des célébrités encore en vie, là), les probabilités sont certainement meilleures ici aujourd'hui. Tournant la tête dans tous les sens, j'inspecte les alentours avec autant de soin que maman l'a fait pour les placards de Dominique hier matin.

Hum...

Zut ! Je ne reconnais personne !

— La tour Eiffel est aujourd'hui le symbole de Paris, poursuit ma mère, mais savais-tu qu'elle était loin de faire l'unanimité lors de son inauguration ?

— Comment ça ?

— On a failli la détruire en 1909 tellement les gens la trouvaient laide.

— Oh ! Mais pourquoi ? Moi, je la trouve magnifique !

—Tu sais, on dit que les goûts ne se discutent pas. Tu veux y monter?

—Oh, ouiii!

☺ ☺ ☺

10 H 30

À l'entrée de la tour, il y a foule et les touristes font la file, une très très longue file.

—Pas la moindre trace d'ombre aux alentours, ma pucette! Tu tiens vraiment à monter? Il y a au moins une heure et demie d'attente, à voir tout ce monde.

—Ben, m'man, on est à Paris pour voir la tour Eiffel, non?

—Si ça te fait plaisir, choupinette, moi je veux bien, hein.

Donc, on fait la queue.

11 H

Encore.

11 H 30

Et encore... ☺

12 H

Lorsque arrive enfin notre tour, nous avons une surprise au guichet. Pour atteindre le sommet, au troisième étage, nous avons le choix, nous dit-on, entre escalader à pied (mille six cent soixante-cinq marches) et prendre l'ascenseur. La première option me semble absolument démente (surtout par cette chaleur) étant donné qu'elle n'est même pas gratuite! Quant à la seconde, elle n'est pas donnée non plus : dix-sept euros pour ma mère et quatorze euros et cinquante centimes pour moi. Ouf!

— Une véritable arnaque!

— Tu l'as dit, ma chérie. Mais il faut ce qu'il faut!

12 H 15

Ça y est, l'ascenseur vitré démarre et la tour m'appartient enfin! ☺ En progressant vers le haut, maman et moi découvrons le fabuleux paysage des alentours. Notre vision s'élargit et, peu à peu, nous distinguons les toits, puis les monuments. J'adore! Oups! Au premier étage, l'ascenseur s'arrête soudain et nous devons descendre. C'est le premier observatoire. À cinquante-sept mètres du sol, nous déambulons sur un plancher entièrement vitré.

Je ne blague pas! C'est extra! La sensation de marcher au-dessus du vide est fan-tas-tique. J'ai cependant hâte d'arriver tout en haut.

Pour en voir davantage, nous reprenons l'ascenseur, cette fois vers le deuxième niveau. C'est-à-dire à l'étage où se trouvent les restaurants. Nous sortons de nouveau.

— On va casser la croûte, m'man?

— Hum, pas cette fois, mignonnette! J'imagine qu'à cette hauteur les prix s'élèvent aussi... Mais c'est de cet étage que la vue est la meilleure, paraît-il, parce qu'on discerne encore bien les bâtiments tout en bas.

Le spectacle est effectivement génial. Pour nous aider à nous repérer dans le paysage, des panneaux d'orientation avec des photos et des flèches nous indiquent les édifices les plus importants. Facile!

Il faut prendre un nouvel ascenseur pour gagner le troisième étage. Youpi! M'y voilà enfin. J'ai vraiment l'impression d'avoir presque atteint le paradis! Même si les immeubles semblent maintenant minuscules, la vision de la ville entière est... difficile à décrire! J'ai le sentiment d'être un oiseau et la sensation est grisante. À ce dernier étage accessible au public, une reconstitution du bureau de Gustave Eiffel et des personnages en cire nous accueillent. On dirait des vrais! Quel magnifique début de journée! Je suis contente.

13 H 30

Comme toute bonne chose a une fin, c'est déjà l'heure de redescendre. Maman et moi nous arrêtons pour prendre un sandwich en vitesse au casse-croûte situé au rez-de-chaussée de la tour, puis nous courons vers la station de métro. J'avais complètement oublié notre rendez-vous avec la dame des Galeries Lafayette...

14 H

Nous descendons à la station Chaussée d'Antin–La Fayette, juste en face de notre nouveau grand magasin préféré. Ouf! Il est 14 h pile. Le bureau où ma mère a rendez-vous est situé au quatrième étage.

—Je peux aller t'attendre sur la terrasse, maman?

—À bien y penser, je préférerais que tu viennes avec moi, pucette.

—Mais, m'man! Je peux très bien me garder toute seule une heure. Voyons donc!

—Il y a des milliers de gens ici aujourd'hui, ma chérie, dont possiblement quelques mauvaises personnes et Dieu sait combien de pickpockets, alors je ne me sens pas tranquille.

—Grrr! C'est quoi des "pique-poquettes" encore? Ça a un rapport avec les Polly Pocket?

Elle laisse échapper un bref sourire.

—Non, un pickpocket est un voleur. Le genre qui met la main dans nos poches ou notre sac à main sans que l'on s'en aperçoive.

—Oh!

—Allez, viens. Suis-moi!

14 H 15

Nous frappons à la porte d'un élégant bureau.

—Madame Aguetaï?

—Madame Bérubé?

—C'est moi. Enchantée de vous rencontrer!

Ma mère tend la main à son interlocutrice, qui fait mine de ne pas s'en apercevoir.

—Vous êtes en retard, madame. Mon temps est précieux.

Le ton de la dame est cassant. Elle ne semble pas très aimable… Elle pointe le menton dans ma direction.

—C'est votre fille?

— Oui, je vous présente Juliette. Il faut nous excuser pour le retard, nous étions...

— Aucune importance. Écoutez, dites à votre fille d'aller attendre sur la terrasse, voulez-vous ?

— Mais je...

— Je n'ai pas l'habitude d'accueillir des enfants dans mon bureau. La politique de l'établissement l'interdit.

— Mais...

— Madame, s'il vous plaît ! Je viens de vous dire que mon temps est précieux !

— Va m'attendre sur la terrasse, Juliettounette. Je te rejoins dans trente minutes.

Yééé ! (Quelle chipie quand même ! Et pourquoi parle-t-elle « d'enfant » ? J'aurai bientôt quatorze ans, pas quatre ! Pfff ! ☺)

14 H 30

Du sommet du magasin, j'ai l'impression d'être une princesse, seule en haut d'une tour. Me prenant pour Raiponce, je regarde au loin et... je pense à mes amis. Paris est magnifique, c'est vrai, et j'ai beaucoup de chance d'être ici, mais ce serait meilleur encore si mes *BFFs* étaient ici avec moi. Je me demande ce qu'ils font en ce moment. Voyons, il est 14 h 30 ici, alors à Québec et en

Argentine il est... 8 h 30 du matin. Oups! Mes copains dorment certainement encore. (Trop bizarre cette histoire de décalage horaire...)

La terrasse est tranquille. Il n'y a presque personne. Accoudée à la balustrade, je regarde l'agitation de la rue, loin en bas. Un musicien ambulant joue une musique mélancolique à l'accordéon. Je m'ennuie un peu, finalement. J'irais bien voir autre chose, moi, aujourd'hui. Et puis, il fait rudement chaud sur cette terrasse et, en parlant de décalage horaire, j'ai sommeil, tout à coup. Je vais m'asseoir, tiens.

15 H 30

—Ah! tu es là, ma choupinette! Comment ça s'est passé? Tu vas bien?

Oups! J'ai piqué un petit roupillon, je pense (j'espère que je n'ai pas dormi la bouche ouverte et qu'aucune mouche n'en a profité pour entrer...), et je n'ai pas vu arriver ma mère. Réalisant que j'étais en train de glisser de mon siège, je me redresse, tentant d'avoir l'air bien réveillée.

—Ça s'est très bien passé. Aucun kidnappeur à l'horizon. Et toi, ton entrevue?

—Plutôt malcommode la bonne femme! Enfin, j'ai ce qu'il me faut pour mon article. C'est l'essentiel. Je m'aperçois cependant qu'il me faudra peut-être interviewer d'autres gens et, pour avoir une idée globale du phénomène, visiter d'autres magasins. En parlant de soldes, nous n'avons pas visité tous les étages, hier. J'aimerais bien aller faire un tour du côté du linge de maison. Tu viens ?

— Mais, maman, calme-toi un peu sur le magasinage, voyons. Nous venons d'arriver et tu n'arrêtes pas de faire des courses. Il nous reste plusieurs jours à passer ici. On a le temps !

C'est le monde à l'envers ou quoi ? D'habitude, c'est elle qui me fait la morale et qui m'accuse de vouloir la ruiner !

— Hum, tu as raison. Tu veux faire quoi, alors ? On va au Louvre voir *La Joconde* ?

Aïe, ce n'est pas exactement l'idée que je me faisais d'une activité excitante, mais j'imagine que c'est incontournable et que je n'aurai pas vraiment le choix de finir par accepter...

— Est-ce qu'on ne pourrait pas y aller demain, plutôt ? Je m'endors finalement.

— Mais il est encore tôt, pucette, et on a la soirée devant nous !

— Ben, on pourrait rentrer tranquillement à la maison, faire la sieste et aller souper dans notre quartier un peu plus tard. Pourquoi pas au Bistrot Mélac, tiens ?

— Ça, c'est une très bonne idée !

Et voilà le travail ! Yééé ! ☺

15 H 50

Pour rentrer à la maison, nous reprenons le métro de la station Chaussée d'Antin–La Fayette jusqu'à la station Charonne. Juste avant de sortir vers la lumière du jour, je jette mon billet validé dans la poubelle au pied de l'escalier roulant qui nous ramène à l'extérieur. Il ne servira plus aujourd'hui. En haut de l'escalier, trois femmes en uniforme munies d'un bâton à la ceinture bloquent le passage. Elles arborent un air sévère et contrôlent tous les gens qui sortent. Ma mère et moi ne nous inquiétons pas, nous n'avons rien à nous reprocher.

— Vos tickets, s'il vous plaît !

Maman sort son billet et le tend à la contrôleuse. Comme je viens tout juste de me débarrasser du mien, je hausse les épaules et dis :

— Désolée, je viens de le jeter.

— Vous n'avez pas de ticket, c'est ça ?

— Ben, oui et non. J'en avais un, mais je viens de le jeter juste là, expliqué-je en me tournant pour désigner du doigt la poubelle en bas de l'escalier. Je vais retourner le chercher.

Je m'apprête à revenir sur mes pas, mais la mégère m'en empêche en attrapant brusquement mon avant-bras.

—Ne bougez pas de là, ma p'tite dame, il va falloir payer l'amende.

Ma mère intervient, évidemment :

—Veuillez lâcher ma fille, s'il vous plaît. Comment ça, payer l'amende ? Je regrette, madame, j'ai bel et bien acheté deux passages. Je me suis procuré un carnet de dix billets lors de notre arrivée à Paris pas plus tard qu'hier et il m'en reste plein. Voyez !

Maman montre la liasse de billets de métro dans son portefeuille et poursuit :

—J'ai même la facture, regardez !

Avec conviction, elle brandit aussi un papier sous le nez de la furie.

—Voilà qui ne prouve rien, madame. Si vous saviez combien de gens tordus nous rencontrons tous les jours ! Beaucoup ne valident jamais leurs tickets et jouent les innocents.

Hum ! La dame n'aurait pas dû dire ça. Là, ma mère commence carrément à s'énerver.

—Comment ça, "jouent les innocents" ? Puisque je vous dis que nous avons payé et validé nos billets ! Laissez ma fille retourner chercher le sien dans la poubelle et n'en parlons plus. C'est pas croyable, à la fin!

— Madame, ou bien votre fille paie immédiatement l'amende de cent soixante-dix-huit euros, ou bien nous vous embarquons toutes les deux! Vous aggravez votre cas, là.

— Une amende de cent soixante-dix-huit euros! Non mais, ça va pas! Comment ça, nous embarquer? Vous avez perdu la tête?

Ouch! J'ai l'impression qu'elle n'aurait pas dû aller jusque-là, ma p'tite maman...

— Michelle, appelle les flics! ordonne la contrôleuse à sa collègue de travail. Nous avons un problème avec celle-là.

C'est à ce moment que ma mère se reprend et change tout à coup de tactique. Heureusement!

— Écoutez, nous sommes des touristes canadiennes en vacances, pas des fraudeuses, et nous payons toujours nos passages en métro, ici comme ailleurs. Nous avons acheté une dizaine de billets, je vous ai montré ceux qui me restent et la facture qui date d'hier. Vous voyez bien qu'il manque des billets, c'est-à-dire que nous en avons utilisé plusieurs depuis vingt-quatre heures. Nous avons validé nos deux billets en entrant dans la station tout à l'heure, mais ma fillette, qui n'a que douze ans (Quoi? Ai-je bien entendu? Elle a dit douze au lieu de treize, alors que j'en ai quasiment quatorze ! Eille là ! ☻), ne pouvait pas savoir qu'il fallait les conserver jusqu'à la sortie. D'ailleurs, elle se trouve où, cette information-là ? Voulez-vous me le dire ? Je suis désolée, mais je n'ai rien vu à ce sujet, ni à l'entrée du métro, ni à la sortie. Allez, acceptez mes excuses. Soyez chic ! Nous a-do-rons Paris et les Parisiens.

Ma mère a beau tenter un sourire, la contrôleuse n'a pas l'air de vouloir se laisser fléchir. Elle se tourne pourtant vers ses deux collègues, qui sont déjà en train de s'en prendre à d'autres passagers malchanceux. Profitant de la minute d'inattention de la harpie, je me dirige à pas de souris vers l'escalier roulant et retourne à la poubelle où je ne tarde pas à repêcher mon billet de métro. Toujours en catimini, je remonte vers la chipie qui s'obstine à houspiller maman.

— Bon, ça va ! Vous n'allez pas nous dire comment faire notre travail. Vous payez ou non ? Parce que ma patience a atteint sa limite. Vous réglez l'amende ou je vous embarque !

— Vous ne pouvez pas embarquer une touriste et son enfant, voyons, ça n'a pas de sens ! se désespère maman.

J'interromps leur altercation verbale en brandissant mon billet sous le nez de la contrôleuse.

—Le voilà mon billet, m'dame! Il faut m'excuser, je viens de le retrouver.

—Quoi?

—Désolée, mais ma maman et moi ne sommes pas des fraudeuses. Et puis, tout est ma faute, pas la sienne. Là, vous avez en main mon billet validé. Il est la preuve qu'on ne vous a pas menti. Vous n'avez plus de raison de nous retenir!

Le regard que me jette ma mère à ce moment! Ça vaut un million, minimum! Mécontente, la contrôleuse est contrainte d'abdiquer…

—Bon, ça va pour cette fois!

Elle se tourne vers sa collègue à qui elle a demandé d'appeler la police il y a cinq minutes.

—Michelle, annule l'appel à l'aide. Et vous deux, allez-vous-en, vite! Allez, ouste! Et que je ne vous y reprenne plus!

—D'accord, mais je ne vous remercie pas, s'indigne maman, scandalisée par le traitement dont nous avons été victimes.

Oh là là! On peut dire que ça a failli tourner au drame dans le métro! Heureusement que j'étais là. Oufff!

19 H

De retour à l'appartement, maman et moi sommes tombées dans notre lit et nous avons dormi comme des bébés. Nous rouvrons l'œil à l'instant. Quel après-midi! Malgré le fait qu'il soit déjà 19 h, le soleil semble toujours briller de tous ses feux. Heureusement, nous avons pris grand soin de laisser les fenêtres ouvertes la nuit dernière, et de les refermer tôt ce matin en même temps que les rideaux. Il ne fait donc pas aussi chaud à l'intérieur que dehors. On est même très bien. Je m'étire en bâillant:

— Woaaah! Je me sens comme neuve, moi!

— Tu as faim, ma puce?

— Je MEURS de faim!

— On va souper, alors?

J'allais oublier! Il faut que je me lave, que je m'habille et que je fasse quelque chose avec ma chevelure rebelle avant de me présenter devant Arthur. Il est quelle heure donc, là? Oh là là! Ça va être vraiment juste!

19 H 30

J'ai pris ma douche et shampouiné mes cheveux à la vitesse grand V. Pendant qu'ils sèchent, j'essaie quelques-uns des vêtements neufs achetés aux Galeries Lafayette. J'opte pour la robe-short. Juste assez courte, elle me donne un look un peu plus vieux que mon âge, je trouve. Bien. Très bien! Je fouille aussi dans la trousse à maquillage de ma mère et j'y prends son mascara et son brillant à lèvres. Après tout, je suis à Paris! Avec mes cils joliment allongés et une touche de lumière sur ma bouche, me voilà fin prête. ☺

19 H 45

Je sais que c'est absurde, mais les battements de mon cœur s'accélèrent au moment de franchir le seuil du Mélac. Des yeux, je fais le tour de la salle. Je ne vois pas Arthur. ☹ Mais son patron, lui, est bel et bien là.

— Mais que vois-je? Ce sont les deux petites dames du Canada! Tout va comme vous voulez, mesdames?

— Bonsoir, monsieur, le salue aimablement maman. Nous nous portons à merveille. Avez-vous eu l'occasion de vérifier vos courriels?

— Mes quoi? Oh! Mes emails? Oh! J'ai complètement oublié de vous prévenir. Ne vous inquiétez plus. J'ai parlé avec Dominique hier et tout est effectivement en ordre. Alors, vous mangez avec nous, ce soir?

—Si vous avez de la place, ce sera avec grand plaisir, accepte ma mère, visiblement soulagée.

—Asseyez-vous ici, nous convie l'oncle Roger en tirant vers lui le dossier d'une chaise placée devant l'une des plus jolies tables de la salle, tout près de la fenêtre. Voici les menus. Arthur va venir prendre votre commande.

Ouiii! Décidément, tout va pour le mieux. ☺

20 H

Le restaurant propose une cuisine «familiale et aveyronnaise», mentionne le menu. Je ne sais pas trop ce que ça veut dire, mais je comprends vite, à sa lecture, que ça signifie, entre autres, qu'ils ne servent pas de spaghettis à la sauce bolognaise. ☹

Ce n'est décidément pas toujours aussi facile que ça en a l'air, la vie d'aventurière...

—Dis, m'man, ça veut dire quoi "cuisine aveyronnaise"?

—Heu, j'imagine que ça veut dire qu'il s'agit de recettes originaires de la région de l'Aveyron. C'est dans le sud de la France, il me semble.

—Et ils mangent quoi, les Aveyronnais?

—Apparemment, ce qu'il y a sur la carte, ma poussinette. Ça a l'air bon, non?

—Hum…

Lorsque Arthur vient prendre nos commandes, je n'ai toujours pas la moindre idée de ce que je veux manger. En fait, je n'y comprends rien, à ce menu. Comme la première fois que je l'ai vu, le jeune homme sourit de toutes ses dents et il est beau comme un dieu dans sa chemise blanche et son tablier noir.

—Alors, mademoiselle, vous vous amusez bien à Paris ?

—Jusqu'à présent, oui, affirmé-je, sans oser le regarder dans les yeux. Euh ! Je ne sais pas trop quoi manger.

—Vous aimez quoi, généralement ?

—Euh ! Les pâtes.

—Ah ! ça, on n'en a pas, malheureusement. Aimez-vous le foie gras ?

—Pas trop, je pense. (Du foie ? Ark-que !) Euh, c'est quoi des "tripous" ?

—Les tripous, ce sont des tripes. Vous aimez les tripes ?

—Euh ! Je crois pas, non. (Des tripes ? C'est ce qu'on a dans le ventre, non ? Double ARK-QUE !)

—Ben, sinon, il y a du poisson ou de la saucisse. Vous aimez la truite ?

—Pas trop, non…

—La saucisse, alors ?

Je me laisse convaincre par son air encoura-geant. De toute façon, j'aime bien la saucisse quand maman m'en prépare à la maison.

—Euh, d'accord!

Faisant mine de ne pas remarquer que je suis en train de rougir à vue d'œil, il se tourne vers ma mère.

—Et pour vous, madame, qu'est-ce que ce sera?

—Moi, je pense que je vais goûter à la truite.

—Très bon choix, madame.

—Vous travaillez ici toute l'année, Arthur? le questionne effrontément ma mère.

—Non, madame, seulement l'été. L'automne, je retourne en Aveyron, chez mes parents, et je vais au lycée.

—Et vous aimez travailler ici?

—Le patron est sympathique, confie-t-il avec un clin d'œil, et c'est ma tante qui fait la cuisine, alors je suis bien traité. Et je suis payé, que deman-der de mieux?

Son sourire s'élargit encore.

—J'aime bien travailler à Paris. Et vous, qu'est-ce qui vous amène toutes les deux ici? Si ce n'est pas indiscret de vous le demander...

—Je suis là pour écrire un article. Je suis journaliste. Juliette, elle, est en vacances.

— Vous êtes allées au Louvre? s'enquiert-il en me regardant.

— Pas encore, dis-je. Nous y allons demain.

— Vous aimerez, je crois. Le musée est tout près de la Seine et *La Joconde* est fantastique!

— Hum! Oui, c'est ce qu'on dit, répliqué-je, surprise par son enthousiasme pour un musée.

— On peut faire aussi de belles balades du côté du canal Saint-Martin et dans le parc de la Villette. Et assister au cinéma en plein air, à la tombée de la nuit.

— Oh! Ça a l'air cool!

— Je suis en congé le mercredi après-midi et tous les soirs. Si tu veux, je peux te faire visiter quelques-uns de ces endroits, suggère-t-il, passant subitement du «vous» au «tu».

Évidemment, c'est là que ma mère, la très chère, intervient:

— Je ne suis pas certaine que ce soit une bonne idée. Juliette n'a que treize ans, vous savez.

Là, j'ai le souffle coupé! Je ne peux pas croire qu'elle lui dise mon âge, comme ça, l'air d'insinuer que je suis encore un bébé! Grrr... Heureusement, l'oncle d'Arthur entre en scène et vient à ma rescousse au bon moment.

— Le canal Saint-Martin et le cinéma du parc de la Villette, quelle bonne idée! s'exclame-t-il.

Enthousiaste, il s'adresse directement à ma mère :

— Arthur a aussi une console de jeux vidéo à la maison. Il n'y a pas de meilleur garçon que mon neveu, vous savez, ma p'tite dame. C'est le fils de ma sœur. Avec lui, la petite ne risque absolument rien. N'ayez aucune crainte, je me porte garant pour lui.

En disant cela, il porte la main sur sa poitrine. Si maman ne se laisse pas convaincre, c'est qu'elle a un cœur de pierre ! Elle hésite quelques secondes, puis... finit par acquiescer.

— OK, commençons par une promenade demain après-midi, alors.

Hip hip hip ! Hourra ! Oh ! Que j'aime Paris, moooi !

Mercredi 20 juillet

9 H 30

—Le musée du Louvre est l'un des plus grands musées du monde et certainement celui qui reçoit le plus grand nombre de visiteurs, m'apprend maman en sortant du métro, à la station Pyramides. Il y a 460 000 œuvres qui y sont exposées, et plus de neuf millions de personnes fréquentent cet endroit chaque année. Tu te rends compte?

—Ah bon! On y va?

Si je laisse faire ma mère, ce n'est pas la matinée qu'on va passer ici, mais tout un mois!

—Moi, c'est Mona Lisa que je veux voir! continué-je.

(Le reste m'intéresse plus ou moins, pour être franche.)

—Tu la verras, ma choupinette, c'est promis.

Dans la cour du musée, on arrive devant une magnifique pyramide, immense, toute en aluminium et en plaques de verre, trois petites répliques de celle-ci et... une GI-GAN-TES-QUE file d'attente !

— Ah ! non, ça ne va pas recommencer. On va y passer la matinée et je ne serai pas à l'heure à mon rendez-vous avec Arthur, moi !

Je suis exaspérée ! Décidément, il faut faire la queue partout dans Paris !

— À vue de nez, je dirais qu'il y a deux heures d'attente, ma pitchounette, pas plus. Ça me semble raisonnable.

— Comment ça "raisonnable" ? On est en plein soleil !

— Heureusement, j'ai emporté des bouteilles d'eau et de la crème solaire. Tiens, prends ça, me dit-elle en sortant une bouteille de son sac ainsi qu'un tube de crème. Dommage que je n'aie pas pensé aux casquettes.

Grrr... Pas moyen de me sauver. Je déteste cette ridicule passion de ma mère pour l'art et je déteste les musées ! Bon !

10 H 30

Je suis littéralement en train de cuire, non, de bouillir dans ma sueur... En plus, j'ai terminé ma bouteille d'eau depuis longtemps et j'ai une envie monstre de faire pipi !

Non mais, c'est pas vrai! Elle n'avance pas, cette file!

—Dis, m'man, j'ai envie de pipi.

—Oui, je te crois, pomponnette, moi aussi, figure-toi.

—Tu n'as pas pris de rendez-vous pour voir le musée, dis-moi?

—Ben... non. Je n'y ai pas pensé étant donné que je suis surtout ici pour écrire sur les soldes.

—Tu crois qu'ils font la file en plein soleil, les autres journalistes, quand ils viennent ici?

—Hum... Peut-être pas. T'as raison. Je me demande ce qui se passerait si j'allais directement à l'entrée montrer ma carte de presse...

—T'as pas envie d'essayer?

Elle semble hésiter un moment. La sueur transperce son corsage à manches courtes et forme de grands cercles sous ses bras. Je ne suis pas la seule à souffrir de la chaleur.

—D'accord, mais attends-moi ici. Je ne veux pas risquer de perdre notre place dans la file si ça ne marche pas!

—Je ne bouge pas.

L'air décidé et sa carte de presse à la main, ma mère se dirige vers l'entrée. Vas-y, m'man, t'es belle, t'es bonne, t'es capable! (Mais heureusement que je suis là pour lui dire quoi faire, des fois.) De loin, je la vois discuter avec le gardien puis entrer. Ça augure bien! Une minute, cinq minutes, six minutes s'écoulent avant qu'elle ne réapparaisse, le sourire aux lèvres.

— Pis?

— Ben, j'ai parlé à la dame au guichet.

— Et alors?

— Elle m'a dit: "Mais qu'est-ce que vous me racontez là, madame? Vous êtes journaliste ou vous ne l'êtes pas? Qu'est-ce qui vous a pris de vous mettre dans la queue? Non mais, c'est pas croyable! Allez chercher votre fille et entrez, voyons! Qu'est-ce que c'est que cette histoire ridicule?"

Ma mère, dont la tentative d'imitation de l'accent français est à hurler de rire, s'esclaffe avant de poursuivre:

— Encore un peu et elle me traitait d'imbécile.

— Heureusement que je t'ai suggéré d'aller lui parler, hein!

— Tout à fait. Allez viens, poupounette, allons-y vite avant qu'elle ne change d'idée.

Sous l'œil ébahi de nos voisins de file, nous fonçons vers l'entrée principale et passons devant tout le monde sans même devoir acheter nos billets.

Youpi ! J'adore les musées parisiens finalement, moi, et j'adore surtout jouer les journalistes ! ☺

11 H 30

Devant *La Joconde* se masse une foule compacte. Surtout des Asiatiques qui se placent dos au tableau pour se prendre en photo avec leur téléphone cellulaire attaché au bout d'une tige appelée « perche à *selfies* ». Je les trouve tellement ridicules ! Surtout qu'ils ne se retournent jamais pour admirer l'œuvre et que j'ai peine à m'approcher à cause de leurs singeries. Peuh ! Franchement, je ne vois pas l'intérêt de se photographier devant une peinture. D'autant plus qu'elle est toute petite, cette *Joconde*. Je pensais qu'elle serait immense puisqu'elle est célèbre. Eh bien, non ! Le tableau ne fait pas plus de vingt-quatre pouces sur dix-huit. Il est protégé par une vitrine, un garde-corps placé devant et un cordon de sécurité entourant ce dernier. Petit ou pas, il n'y a pas de danger que quelqu'un réussisse à mettre le portrait dans sa poche pour partir avec !

Si la question vous démange, *La Joconde*, c'est le portrait d'une femme surnommée Mona Lisa. Maman dit qu'il s'agissait probablement de Lisa Gherardini, l'épouse d'un dénommé Francesco del

Giocondo. Il paraît que le visage de Mona Lisa est le plus célèbre de toute la planète ! Je me demande bien pourquoi. C'est vrai, quoi ! Elle ne me semble pas si jolie et la peinture elle-même est plutôt sombre, avec des couleurs glauques. Il paraît que le sourire de la dame est « énigmatique ». Moi, je le trouve plutôt tristounet. À croire qu'elle porte un appareil dentaire qu'elle ne veut pas montrer... Enfin, si ma mère affirme que c'est un chef-d'œuvre inestimable, je la crois. ☺ Quoi qu'il en soit, le portrait a été peint par Léonard de Vinci, entre 1503 et 1506, précise l'affichette à côté du tableau. Vous vous rendez compte à quel point elle est vieille, cette peinture ? Wow ! Je suis étonnée qu'elle ne tombe pas encore en morceaux ! L'écriteau mentionne aussi que l'œuvre appartient au Louvre depuis 1797. Dire qu'il y avait déjà des musées à cette époque ! Incroyable, non ?

12 H

Plus loin, nous passons un moment devant la *Vénus de Milo*. Une très célèbre statue, apparemment. Là encore, c'est l'attroupement ! Et là encore, j'ai un peu de mal à comprendre. Celle-là, il lui manque carrément des morceaux ! Cette fois, il s'agit d'une œuvre grecque représentant une femme plus grande que nature et censée être la déesse Aphrodite.

—Elle a été découverte en 1820 à Milos, une petite île grecque, d'où son nom, m'explique maman.

—Ah bon. Mais pourquoi il lui manque les bras?

—Elle en a probablement déjà eu, mais ils étaient absents lorsqu'on l'a découverte.

—Et pourquoi dit-on que c'est un chef-d'œuvre? Elle n'est pas jolie, jolie, je trouve.

C'est vrai, quoi. Elle n'est même pas entière!

—Sa posture et la perfection de ses proportions sont pourtant remarquables. Il est vrai que son visage est un peu masculin, mais c'était la mode à cette époque-là. Elle a été sculptée il y a plus de deux mille ans, choupinette, c'est-à-dire cent ans avant Jésus-Christ.

—Ayoye! Ça, c'est vieux en titi!

Quand on pense que la ville de Québec n'a que quatre cents ans! Ça fait réfléchir quand même...

13 H

Nous cassons la croûte dans un McDo tout près du Louvre, rue de Rivoli. Eh oui, il y en a un peu partout dans Paris. Je suis enfin en terrain connu! Le menu est plus ou moins le même qu'à Québec, à une chose près : au lieu des chaussons aux pommes, on nous offre des macarons comme dessert. Oui, oui, de vrais macarons tout ronds et de toutes les couleurs. Je ne vous mens pas! Il y a aussi de la bière. Beurk! ☹ C'est tellement bizarre de voir de l'alcool en vente ici! Mais les macarons sont délicieux, parole de Jules Bérubé!

En tout cas, je profite de ma pause-musée avec plaisir et j'ai hâte d'aller retrouver Arthur. Ma mère, je l'adore, mais passer vingt-quatre heures sur vingt-quatre avec elle, c'est tout un contrat! Elle parle, elle parle et cherche continuellement à m'enseigner quelque chose. On dirait qu'elle ne se détend jamais! Elle pense bien faire, je sais. Elle veut que je devienne une fille « cultivée ». Moi, ça me donne parfois l'impression d'être une sorte de légume, cette histoire de culture! Il est 13 h et j'ai rendez-vous avec mon nouvel ami à 14 h. Youhooou! Je suis si contente. Je me demande ce qu'il y aura à faire au canal Saint-Martin...

14 H

Nous arrivons pile à l'heure devant le bistrot! Arthur se tient déjà sur le seuil. Quand il me voit, il me fait son fameux sourire craquant. Je me surprends à penser à Gino... Bah! Arthur est juste un ami comme un autre, tandis que Gino, lui... ben, c'est un ami spécial! Et puis, j'ai le droit de sauter sur l'occasion de visiter Paris en compagnie de quelqu'un d'autre que ma mère, non?

— Ah, te voilà, mon amie! me salue-t-il. Un moment j'ai eu peur que tu ne viennes pas!

— Pas question que je manque cette chance de sortir sans ma mère.

— Julieeeette!

— C'est une blague, voyons, maman!

— Arthur, je vous la confie. Soyez très prudents tous les deux et je vous attends ici à 19 h précises. Ça va?

— T'inquiète pas, m'man!

— Soyez tout à fait rassurée, madame Bérubé. Je vais prendre soin de votre fille comme de ma petite sœur.

(Comme de sa quoi?)

— D'accord! Alors, amusez-vous bien, nous souhaite ma mère.

Elle s'éloigne en nous faisant de petits signes nerveux de la main. Pauvre maman, on dirait qu'elle craint tout le temps qu'il m'arrive quelque chose. Je me demande où elle va chercher cela.

—Alors, Juliette, tu as envie de voir le canal Saint-Martin et de pousser jusqu'au parc de la Villette ?

Drôle de nom pour un parc ! En tout cas, ça rime avec Juliette. Lol !

—Tu peux m'appeler Jules, si tu veux.

—Oh ! C'est le surnom que tes amis te donnent ?

—Ouais.

—C'est que… ça va me faire tout drôle.

—Comment ça ?

—Parce que c'est aussi le nom de mon grand-père !

—Sérieux ?

—Ben ouais.

Il se gratte le sommet du crâne en souriant, puis se reprend :

—Ben non. Je te taquine !

Grrr ! Je n'aime pas qu'on rigole à mes dépens, mais pas question de le montrer…

—Il y a quoi à faire là-bas ? demandé-je pour faire diversion.

—C'est un très grand parc, où vont plein de jeunes. J'ai des amis qui nous attendent à l'entrée du canal Saint-Martin ! Ça te fera de nouveaux copains et on marchera jusqu'au parc tous ensemble, si tu veux.

—Cool ! Bonne idée !

—Alors, viens. Il faut d'abord aller prendre le métro.

15 H

La promenade de quatre kilomètres et demi aménagée sur les berges du canal Saint-Martin est bordée d'arbres et ponctuée de neuf écluses. Qu'est-ce qu'une écluse? Une sorte de porte qui permet de retenir ou de relâcher l'eau et d'en contrôler le niveau dans le canal. C'est très joli! Un peu partout, je remarque des commerces invitants, des cafés sympathiques, des boulangeries et des kiosques de crème glacée, fréquentés en majorité par des étudiants.

Même si je suis intimidée, je suis contente de me retrouver enfin avec d'autres ados. En plus, ils sont mignons et attentionnés. J'ai même l'impression qu'ils rivalisent de gentillesse dans le but de retenir mon attention. Il faut dire que je suis la seule fille au milieu de quatre garçons... C'est loin d'être désagréable!

Nicolas a le teint basané, des yeux marron et une abondante chevelure châtaine, très frisée. Avec ses épaules carrées, sa silhouette athlétique, il est le plus grand de la bande. Il me fait rire tout le temps. Il a apporté son *skate* et il est super bon.

Thomas est blond comme les blés et ses yeux sont bleus. Il est un peu plus petit que moi et il semble très doux. En tout cas, il parle posément et il me plaît énormément. Gaspard, comment décrire Gaspard? Je le connais à peine, mais je sais d'ores et déjà qu'il est un peu maladroit. Lui aussi a apporté sa planche, mais il semble si mal à l'aise dans son corps que je suis sceptique quant à son habileté. C'est pour se donner une contenance, je crois. Ses bras sont si longs qu'ils atteignent presque ses genoux et, quand il marche, on a tout le temps l'impression qu'il va s'enfarger dans ses propres pieds. Enfin, il a une mèche qui lui tombe en permanence dans l'œil. Ses cheveux et ses yeux sont aussi noirs que des ailes de corbeau. Ça lui donne un drôle d'air. Quant à Arthur, ben, c'est le beau Arthur, quoi! Avec son sourire inimitable, c'est lui que j'ai rencontré le premier et c'est donc mon préféré.

— Juliette! Regarde ce que j'arrive à faire! m'interpelle Nicolas, qui exécute fièrement des figures acrobatiques sur sa planche à roulettes.

Wow! Il est bon!

— Oublie ce clown! C'est moi l'as du *skate*! lance à son tour Gaspard. Observe bien!

Les yeux dans ma direction, il saute sur sa planche sans regarder devant lui. Oh, oh! Très mauvaise idée! Un arbre se dresse malencontreusement sur son chemin et... avant même que je n'aie le temps de pousser un cri pour l'avertir, il fonce s'écraser la figure dedans. Le pauvre! J'essaie de ne pas rire, mais c'est difficile! ☺ Tentant de conserver un semblant de dignité, le garçon lance un juron:

—Merde! Quel est l'idiot qui a eu l'idée de planter un arbre à cet endroit?

—Un as quand tu ne t'éclates pas la figure, et ta planche avec, rigole Nicolas. Tu es très fort, oui!

—Ne t'occupe pas d'eux, intervient Thomas en m'effleurant doucement la main pour attirer mon attention. Moi, je joue de la guitare. Dommage que je ne l'aie pas aujourd'hui...

Puis, avec un clin d'œil:

—Tu as soif? Tu veux un Coca?

—Tu as faim? s'interpose Nicolas en frôlant à son tour mon bras. Aimerais-tu manger un sandwich?

—Par cette chaleur, tu veux plutôt une glace, non? renchérit Arthur, qui ne prête aucune attention à ses amis.

Je ris doucement.

—*Chill!* De la crème glacée! C'est une bonne idée, ça, Arthur! m'écrié-je.

Voilà qui n'est pas tombé dans l'oreille de sourds. Déjà, les autres se précipitent vers le marchand de glaces pour arriver avant le pauvre Arthur, qui doit regretter d'avoir invité ses copains à passer l'après-midi avec nous. Si je pouvais être aussi populaire dans mon école secondaire, les sœurs Lirette ne survivraient pas longtemps avant de se consumer de rage! ☺

Comme il est habile sur ses roulettes, c'est évidemment Nicolas qui arrive le premier et qui rapporte ma crème glacée. À la vanille avec un coulis de chocolat, s'il vous plaît! Mium!

— Elle est super délicieuse, Nicolas, merci!

— Ça me fait vraiment plaisir, ma jolie!

16 H

Tout au bout du canal, vers le nord, s'étendent le bassin de la Villette et le parc du même nom. Installés sur l'immense pelouse, des groupes de jeunes se détendent, partagent un pique-nique ou jouent de la musique. Sur la piste cyclable, les planches à roulettes disputent la place aux vélos et aux trottinettes. En fait, je n'avais jamais vu autant de trottinettes de ma vie! Ça me semble tellement bizarre. J'en avais une lorsque j'étais à l'école primaire, mais ce n'est pas très répandu chez nous auprès des jeunes plus âgés. Quoique, ça peut s'avérer pratique comme moyen de transport,

surtout quand on a peur de se faire piquer son vélo ou que, comme moi (et Gaspard), on n'est pas doué pour le *skate*…

Autour de nous se dressent de grands bâtiments. L'un d'eux abrite la Cité des sciences et de l'industrie, m'apprennent mes nouveaux amis, un autre héberge des expositions temporaires et il y a aussi le conservatoire de musique de Paris, des salles de concert et le musée de la musique. Cool ! Mais je ne suis pas certaine de vouloir entrer où que ce soit, aujourd'hui. J'ai juste envie de flâner sans me casser la tête… Désolée, pas de musée pour moi cet après-midi, les gars !

—Tu aimes le cinéma ? me questionne Nicolas.

—J'adore !

—Pendant l'été, à la tombée de la nuit, c'est-à-dire autour de 22 h, on peut assister à du cinéma en plein air, ici.

—J'aimerais venir !

—On t'emmènera, si tu veux, propose Thomas. Tu restes jusqu'à quand à Paris ?

—On doit déjà rentrer à Québec lundi soir.

—Pas de problème, décrète Nicolas, on peut venir ce week-end. Les séances ont lieu du mercredi au dimanche.

—On pourrait pique-niquer ici en début de soirée, pour s'assurer de réserver de bonnes places, et regarder le film après, suggère Arthur.

—Ta mère te laissera sortir aussi tard ? intervient Gaspard, sceptique.

Son ton légèrement moqueur me pique au vif. Il me prend pour un bébé ou quoi ?

—Pourquoi pas ? le défié-je.

—À toi de voir, conclut-il.

Ma mère, j'en fais mon affaire. Après tout, il faudra bien que je sorte un jour de ses jupons !

Bah! Si je rentre tôt ce soir et que ma conduite est exemplaire les prochains jours, je pense vraiment réussir à la convaincre, surtout si Arthur me donne un coup de main.

18 H

De la Villette, nous avons pris le métro jusqu'à la place de la Bastille, où était jadis située la prison. Connaissez-vous l'histoire de la reine Marie-Antoinette, épouse de Louis XVI, qui a été guillotinée sur cette place devant ses sujets en colère, après une longue captivité? Monsieur Cayer nous en a parlé brièvement pendant le cours d'histoire, cette année! Ça donne vraiment froid dans le dos! Brrr... Aujourd'hui, il ne reste à cet endroit qu'un monument, une espèce de colonne gigantesque érigée en souvenir de la Révolution française. La place est surtout un carrefour giratoire autour duquel tournent un torrent de voitures. C'est fou! On dirait des autos tamponneuses qui parviendraient miraculeusement à ne jamais entrer en collision. Je ne voudrais pas avoir à conduire ici, moi!

— C'est ici qu'a lieu une grande partie des célébrations de la fête nationale, le 14 juillet, m'informe Thomas.

— Oh! j'aurais bien voulu être là cette année, lancé-je.

— Tu reviendras peut-être l'an prochain? espère Arthur.

— Hum! Pas sûre.

Je n'ose pas le décevoir en avouant qu'avec la lubie de ma mère de faire le tour du monde entier avant ses cinquante ans, il est rarissime que nous ayons l'occasion de retourner deux fois au même endroit...

De cette station de métro, Arthur et moi pouvons rentrer à pied jusqu'à l'appartement en montant la rue de la Roquette. Gentils jusqu'au bout, Thomas, Nicolas et Gaspard décident de nous accompagner, même s'ils devraient prendre une autre direction.

— De toute façon, on ne mange pas avant 20 h à la maison, explique Thomas.

Je me demande comment ils font pour tenir jusqu'à 8 h du soir. Je n'ai pas tellement envie de rentrer, mais mon estomac crie famine depuis près d'une heure! Pourvu que maman ait cuisiné des spaghettis à la sauce bolognaise. J'en rêêêve!

La rue de la Roquette est agréable et très animée. De chaque côté se succèdent une multitude de petits commerces intéressants: des friperies, des pizzerias, des marchands de chaussures...

Je me sens fière de découvrir un nouveau coin de Paris sans ma mère. Après tout, c'est vrai que je me débrouille très bien sans elle! J'en ai assez qu'elle me confonde avec son ombre... Je suis une personne à part entière, non? Vous êtes bien d'accord avec moi?

18 H 30

Le ciel s'est obscurci. De gros nuages noirs se sont amoncelés et on dirait qu'il va pleuvoir. Nous hâtons le pas. En traversant une rue, nous marchons sur une grande plaque de métal où l'on peut lire «IDC». On dirait l'entrée d'une cave qui serait située au mauvais endroit. Ça me fait rire. Tout est si étrange ici!

— C'est une des portes d'entrée des carrières, me signale Gaspard.

— Des quoi? questionné-je.

— Des carrières qui courent sous les rues de Paris, me révèle Arthur. Tu as pris le métro et tu as entendu parler des catacombes, non?

— Euh! Oui. Enfin, un peu. Des catacombes, c'est une sorte de cimetière souterrain, non?

— Pas tout à fait, corrige mon ami.

— C'est plutôt un ossuaire, précise Nicolas.

— Et c'est quoi un ossuaire?

— Le sous-sol de Paris ressemble à un immense bloc de fromage emmental, il est plein de trous! m'explique le doux Thomas. Sous les pieds des Parisiens, en plus du métro et des égouts, des kilomètres de galeries souterraines ont été creusés, dont les catacombes où sont entassés les ossements retirés de certains cimetières.

— Ark-que! Ma mère m'avait parlé des souterrains, mais pas des ossements!

— Oui, des montagnes d'ossements. Avoue que ça te fait peur, hein, petite fille! Mais ce n'est pas aussi effrayant que ça en a l'air, tu sais, se moque Nicolas en tirant sur mes cheveux.

— Eille, lâche-moi, pis c'est pas parce que je suis une fille que j'ai plus peur que toi!

(Ah, les garçons! Qu'est-ce qu'ils peuvent être «taches», des fois!)

— On dit que toutes les galeries réunies font près de trois cents kilomètres de long, intervient Arthur. Tu crois que c'est vrai, Gaspard?

— Absolument. Je les ai parcourues en totalité avec mon frère, se vante le garçon en soufflant sur la mèche qui cache son œil droit.

— Moi, une fois, je suis allé en visiter une partie avec mon oncle et ma tante, reprend Arthur. On a vu une sorte de musée des catacombes. On paie et on peut se balader une heure sous la terre.

— Vraiment ? m'étonné-je.

Je n'en reviens pas ! Un frisson me parcourt le crâne, rejoint ma nuque et descend jusqu'au milieu de mon dos.

— La partie qu'a visitée Arthur n'est qu'une minuscule fraction des véritables catacombes. Il paraît qu'il y a plusieurs milliers d'autres squelettes ! prétend Nicolas.

Puis, levant les bras et mimant un fantôme prêt à fondre sur moi, il beugle :

— Bouaaah !

— Pfff ! riposté-je.

— Ben justement, les amis, une fête dans les catas, ça vous dirait ? propose Gaspard, l'air sûr de lui. Je pourrais organiser une visite clandestine vendredi soir. Vous en avez envie ?

— Tu veux dire un *party* sous terre, avec des ossements tout autour ? m'exclamé-je, les yeux agrandis par la surprise et la curiosité.

— Évidemment sous terre, confirme Gaspard. Ce type de soirée est très populaire à Paris.

— Populaire, populaire, parle pour toi, Gaspard, hein, intervient Thomas en lui donnant un léger coup de coude dans les côtes. Tout le monde n'est pas cataphile, tu sais.

Les deux autres éclatent d'un rire nerveux.

— C'est quoi un cataphile ? demandé-je.

— On surnomme ainsi les amateurs de visites clandestines dans ces souterrains, m'apprend Arthur.

— Oh ! Et vous en êtes ?

J'écarquille les yeux, ne sachant pas si je dois être effrayée ou si je dois plutôt me réjouir.

— Ben non… Moi, après ma visite du musée, je ne suis jamais redescendu. Je ne me sens ni l'âme d'un ver de terre ni celle d'un rat, précise Arthur.

— Nous n'y avons même jamais mis les pieds, avoue Nicolas en se tournant vers Thomas, qui acquiesce d'un signe de la tête.

— Vous êtes partants pour vendredi, alors ? insiste Gaspard. Allez, les mecs, on va bien s'amuser !

— Tu veux du chewing-gum, Juliette ? m'offre Thomas.

Arthur, Nicolas et Thomas semblent indécis. Pour faire diversion, ils se bousculent comme des gamins de dix ans, les deux premiers essayant de voler le paquet de gommes du dernier.

— Vous avez peur ou quoi ? insinue Gaspard.

— Je croyais qu'on emmenait Jules au cinéma en plein air, vendredi soir, objecte Arthur.

— Peur de quoi, au juste ? rétorque Nicolas, vexé. Tu crois être le seul à avoir des couilles ou quoi ?

(Ah, non! Ils ne vont pas se mettre à parler de couilles! Mieux vaut intervenir avant que ça ne dégénère…)

—Euh! Moi, je pense qu'un *party* dans les catacombes me conviendrait très bien aussi, affirmé-je.

(Ayoye! Est-ce vraiment moi qui viens de dire cela? Mon cœur bat un peu, là.)

—Mais ce n'est pas une activité pour toi, pitchounette, affirme Gaspard, d'autant plus qu'Arthur a l'air de vouloir se dégonfler. Et vous, les gars, votre maman vous laissera venir? ironise-t-il en s'adressant à Nicolas et à Thomas.

—Comment ça, "pas pour moi"? rouspété-je, piquée au vif par le «pitchounette».

(Eille, il se prend pour ma mère celui-là ou quoi! 😣)

—Moi, je suis partant, y a pas de doute. Mais tu as vraiment envie de descendre sous terre, toi? continue Nicolas, moqueur.

—Pourquoi pas? Je ne suis pas plus peureuse que toi, me rengorgé-je, frondeuse.

—Je ne crois pas du tout que ce soit une bonne idée d'y emmener Juliette, intervient encore Arthur, l'air préoccupé.

Voilà qui ne me plaît pas tellement. En fait, je n'aime pas du tout me faire dicter ma conduite.

J'ai déjà assez de ma mère et de mes profs à l'école. Je suis en vacances, autant en profiter pour m'amuser!

—Eh ben, moi, j'aimerais bien vivre l'expérience, insisté-je.

—Bah! Une soirée dans les catacombes, c'est le fantasme de tout adolescent parisien qui se respecte, ma mignonne, affirme Gaspard. Les Canadiennes ne doivent pas être tellement différentes.

—Ben, j'aimerais peut-être ça, moi aussi, avoue Thomas en me regardant.

Il est trop chouette, ce Thomas!

—Oh! Vraiment? dis-je. Ce serait donc notre baptême à tous les deux. Moi, ça me plairait de vivre ça avec toi. Avec vous tous, ajouté-je en lançant à la ronde mon sourire le plus enjôleur. Allez, dites oui.

Je comprends vite que c'est surtout Arthur que je dois convaincre.

—Et ta mère, elle va en dire quoi? s'inquiète-t-il.

—Ma mère, je m'en occupe, déclaré-je.

—Elle ne risque pas de te le permettre quand tu lui mentionneras que c'est illégal, objecte-t-il.

Il a raison, évidemment. Quel rabat-joie, cet Arthur, tout à coup!

—Ben oui, mens-je. De toute façon, il n'est peut-être pas nécessaire de l'en informer...

106

— En tout cas, ne me demande pas de la tromper, se braque-t-il.

Je ris pour détendre l'atmosphère, qui devient lourde.

— Oh ! Tu sais, ma mère, elle se tracasse tout le temps pour rien. Et puis, Nicolas, Thomas et toi serez là aussi, non ? Avec vous, je ne risque rien, pas vrai ?

— Elle a raison, nous serons tous là pour veiller sur elle, renchérit Thomas à l'intention d'Arthur, en entourant mes épaules de son bras.

(Il n'en rate pas une, Thomas. Je crois qu'il a réellement le béguin pour moi... ☺)

— Et avec moi qui suis descendu des tas de fois et qui connais tous ces tunnels comme ma poche, tu ne cours vraiment aucun danger, mademoiselle, se vante Gaspard en soufflant de nouveau, sans succès, sur sa mèche rebelle. Mon frère travaille pour la Ville de Paris et il m'a emmené sous terre avec lui très souvent.

— Comment ça ? Il fait quoi comme travail ?

— Il est ouvrier des travaux publics et il doit descendre régulièrement pour effectuer des réparations ou des vérifications. Je connais l'endroit où ses collègues et lui vont le plus fréquemment, étant donné que je l'ai accompagné à plusieurs reprises. Tout se déroulera bien si on va par là. On emportera des casques et des lampes de poche, des provisions et de la musique. Tu aimes danser?

— J'adore danser.

— Moi aussi, approuve-t-il en souriant.

C'est là que je constate que plusieurs de ses dents sont tellement gâtées qu'elles sont toutes noires. Ça explique pourquoi Gaspard ne sourit pas beaucoup. C'est vrai qu'il n'est pas beau, beau, finalement, mais depuis quand juge-t-on les gens sur leur apparence physique? Je vous le demande!

18 H 45

Une goutte de pluie vient s'écraser sur ma joue tandis que l'obscurité semble vouloir s'abattre prématurément sur ce quartier.

— On va avoir un bel orage, annonce Gaspard. Je crois que nous devrions vite rentrer chacun chez nous. On se donne rendez-vous chez Arthur demain soir?

— Pour quoi faire? s'enquiert Arthur.

— Ben, pour parfaire le plan de notre *party* clandestin de vendredi soir, lui rappelé-je.

Un énorme coup de tonnerre éclate. Woouhoou! Je suis très excitée.

Nous n'allons pas tarder à être trempés.

— D'accord, rendez-vous chez moi demain soir autour de 19 h, accepte Arthur, semblant céder à contrecœur.

Gaspard, Thomas et Nicolas s'engouffrent dans la première bouche de métro sur le chemin, tandis qu'Arthur et moi faisons le reste du trajet au pas de course.

19 H

De retour à la maison, je n'ai qu'une envie, raconter ma journée à Gino et à Gina. Pendant que maman prépare les spaghettis, je file dans la chambre ouvrir ma page Facebook sur son ordi. Il est 13 h au Québec. Il y a de grandes chances pour que Gina soit disponible. Je clique sur « Discussion instantanée ». Hourra ! Ma *best* est là.

Moi : Salut !

Gina : Jules ! Enfin ! Je commençais à m'inquiéter !

Moi : Pas de raison. ☺ Tu faisais quoi, là ?

Gina : Rien du tout. Il pleut depuis ton départ et il fait plutôt frisquet. On est pognés pour rester à l'intérieur, alors je perds un peu mon temps sur l'ordi...

Moi : Oh ! C'est moche ! Ici, il fait très chaud !

Gina : Tu t'amuses ?

Moi : Ben ouais, finalement.

Gina : Tu as vu la tour Eiffel ?

Moi : Bien sûr.

Gina : Trop cool ! C'était comment ?

Moi : Malade ! On est montées tout en haut. J'avais presque l'impression de toucher le ciel !

Gina : Chanceuse !

Moi : On est allées magasiner aussi. Aux Galeries Lafayette ! C'était trop génial ! J'ai plein de nouveaux vêtements !

Gina : Super ! T'as vu des célébrités ?

Moi : Aucune... ☹

Gina : Dommage. Vous avez visité le musée du Louvre ?

Moi : Nous y sommes allées ce matin et ça ne m'a pas trop épatée, j'avoue. Je préfère de beaucoup la compagnie de mes nouveaux amis.

Gina : Quoi ? Des nouveaux amis ? Tu as rencontré de beaux petits Français ? ☺

Moi : Ouais.

Gina : Tu rigoles ?

Moi : Pas du tout. Quatre "beaux petits Français", en fait : Arthur, Nicolas, Thomas et Gaspard.

Gina : Ils ont quel âge ?

Moi : Quatorze ou quinze ans, je crois.

Gina : Cool ! Et c'est vrai qu'ils sont beaux ?

Moi : Thomas, Nicolas et Arthur, oui. Gaspard, lui, il est plus ordinaire, mais il est super *hot* quand même. Autrement.

Gina : Il faut que tu trouves le moyen de prendre des photos ! Tu les as rencontrés où ? Vous faites quoi ensemble ?

Moi : Ben, justement, cet après-midi, c'était la première fois que je sortais avec eux. Arthur travaille au bistrot qui se trouve en face de notre immeuble et j'ai fait sa connaissance là-bas. Il m'a présenté les autres.

Gina : Ta mère te laisse sortir seule avec eux ? Elle est trop cool ! T'en as de la chance !

Moi : Tu parles ! C'est fou ce qu'elle peut être pénible ! Elle me traite comme un bébé et essaie de tout contrôler.

Gina : C'est normal qu'elle garde un œil sur toi. Vous êtes à Paris et il y a douze millions d'habitants là-bas, à ce qu'il paraît ! Ma mère ferait pareil.

111

Moi : Tu ne vas pas défendre la mienne quand même !

Gina : J'essaie simplement de nuancer. Elle peut être *chill* aussi ta mère quand elle veut. Tu le dis toi-même.

Moi : Ouais, ouais...

Gina : Tu craques pour l'un des gars ?

Moi : J'ai un faible pour Thomas et Arthur. Thomas est blond aux yeux bleus. Quant à Arthur, il est très grand, il a des yeux bleus lui aussi, ses cheveux sont châtain foncé, et il est adorable avec moi.

Gina : Et Gino, alors ?

(Je pousse un soupir d'agacement.)

Moi : Quoi Gino ?

Gina : Tu l'as oublié ?

Moi : Pas du tout, mais il est en Argentine et toute une horde de filles lui courent probablement après, alors je ne vois pas pourquoi je ne m'amuserais pas de mon côté. Je ne fais rien de mal, après tout.

Gina : Ne te fâche pas.

Moi : Je ne me fâche pas, mais on dirait que tu es jalouse.

Gina : Moi, jalouse ? Pas du tout, voyons. Je suis contente pour toi... Quelle mouche te pique, ma vieille ? Je ne te reconnais pas !

(Quelle mouche te pique toi-même! 😁)

Moi: Mais non. Tu te fais des idées!

Gina: …

Moi: Tu sais quoi?

Gina: Quoi?

Moi: J'ai l'intention d'assister à un *party* dans un sous-sol avec les gars vendredi soir.

Gina: Oh! Un *party* parisien! Ta mère est d'accord?

Moi: Ben, pas encore, justement. Je pensais lui dire que j'allais voir un film en plein air avec les garçons… T'en penses quoi, toi?

Gina: Hum, je ne suis pas certaine que ce soit une bonne idée de lui mentir.

Moi: Comment ça? C'est un tout petit mensonge de rien du tout! Si je lui dis que c'est un *party* dans une cave, elle va s'inquiéter et je risque de rater ma soirée. Si je lui dis qu'on va au cinéma, il y a beaucoup plus de chances qu'elle accepte. De toute façon, je serai avec quatre garçons. Y a pas de danger!

Gina: Ben justement, s'il n'y a pas de danger, tu ne devrais pas avoir peur de lui dire la vérité. Je ne comprends pas. De quel genre de cave il s'agit, d'abord?

(Qu'est-ce qu'elle m'énerve, Gina, des fois, quand elle se prend pour ma seconde mère! ☺)

Moi: Ben, il y a des tunnels sous la ville. Et parmi les jeunes ici, beaucoup sont, euh... cataphiles.

Gina: Hein? Qu'est-ce que tu me chantes là? Des cata quoi? Le genre de malades qui courent les catastrophes, c'est ça?

Moi: Pas les catastrophes, les catacombes.

Gina: Attends! Tu m'inquiètes, là. Tu n'es quand même pas en train de me dire que vous avez prévu un *party* dans des catacombes?

Moi: Ben... ouais.

Gina: Je me trompe ou il s'agit d'une sorte de tombeau géant?

Moi: D'une sorte d'entrepôt pour ossements, plutôt.

Gina: T'as perdu la boule ou quoi? Franchement, Jules...

(Là, elle va trop loin, je trouve!)

Moi: En tout cas, là, je ne peux pas te parler longtemps parce que je dois aller souper. Ma mère m'appelle!

Gina: Attends! Cette histoire de catacombes ne me dit rien de bon. J'ai un mauvais pressentiment. Promets-moi de laisser tomber!

Moi : Ben là...

Gina : Écoute-moi. Si en plus tu dois mentir à ta mère, c'est signe que ce n'est pas une bonne idée. Tu es loin de chez toi et, si tu te mets les pieds dans les plats, ni Gino ni moi ne pourrons venir à ton secours.

Moi : Je ne me mettrai pas les pieds dans les plats. Bon !

Gina : Je suis la voix de ta conscience. Ta meilleure amie. Je veux ton bien. Fais-moi confiance et renonce.

Moi : Ma mère s'impatiente, Gin !

Gina : Attends ! On se reparle quand ?

Moi : On se reparle quand je pourrai. Je ne sais pas quand. Là, il faut vraiment que je te laisse. Salut, Gina !

Gina : Salut, Jules. ☹

Bon, voilà que j'ai menti à ma meilleure amie. C'est la première fois que ça m'arrive. Je me sens toute bizarre... (La voix de ma conscience ! Non mais, qu'est-ce qui lui prend ? Tu parles, Charles !)

Jeudi 21 juillet

9 H

Je m'éveille après un sommeil agité dans lequel j'ai rêvé que j'étais enfermée vivante à l'intérieur d'un tombeau et que j'entendais la voix de Gina au-dessus crier « nooon ! ». Ouf ! Ce n'était pas très agréable ! Il faut dire que ma mère, elle ronfle. Enfin, elle ne ronfle pas vraiment, mais elle respire fort, mettons, et parfois, elle marmonne des mots incompréhensibles dans son sommeil et elle bouge, aussi. Dire que quand j'étais petite, je pleurais pour avoir la permission de dormir dans son lit ! Incroyable, non ?

Dans la cuisine, je l'entends se faire du café. Elle m'a peut-être aussi déjà préparé un chocolat chaud ? Je me demande ce qu'il y a au petit-déjeuner ! C'est la gourmandise qui me sort du lit.

—Salut, m'man !

—Oh ! Bonjour pucette. Tu as bien dormi ?

—Bof... La prochaine fois, il faudra vraiment t'assurer qu'il y aura deux lits dans l'appartement où on habitera.

—Mais moi, j'aime bien dormir avec toi, chatounette.

—Eh ben, pas moi.

Elle paraît soudain si chagrinée que je regrette mes paroles.

—Euh, je veux dire que j'ai un peu de misère à m'habituer. Et puis, tu parles en dormant.

—Vraiment ? Qu'est-ce que tu as entendu ?

—Je ne sais pas. La nuit dernière, tu marmonnais des paroles incompréhensibles.

—Je suis désolée, Juliettounette.

—C'est pas grave. On fait quoi aujourd'hui ?

—J'ai pensé t'emmener voir Notre-Dame de Paris, tu sais, la cathédrale ?

—Celle du *Bossu de Notre-Dame* ?

—Exactement.

Assurément, ce n'est pas dans une église que je risque de rencontrer Marie-Mai venue à Paris donner un concert. Par contre, je ferais mieux d'être cool avec ma mère et de ménager mes critiques si je veux qu'elle m'accorde les quelques faveurs que je m'apprête à lui demander. Je lui fais mon plus beau sourire de petite fille modèle.

—D'accord. J'aimerais bien y aller.

—Voudrais-tu un croissant? Je suis sortie pendant que tu dormais et j'ai acheté des croissants au beurre et des chocolatines.

—Ouiii! Oh, merci, petite maman! T'es trop *chill*!

Elle sourit, l'air d'avoir oublié mon manque de tact de tout à l'heure. Ouf! Je peux mordre dans mes pâtisseries sans remords.

J'ai toujours aimé les viennoiseries, mais ici, à Paris, elles goûtent vraiment le ciel, en particulier accompagnées d'un odorant chocolat chaud.

—Dis, m'man?

—Oui, choupinette?

—Je pourrai aller faire un tour chez Arthur ce soir après le souper?

—Qu'avez-vous prévu?

—Oh! juste de jouer à des jeux vidéo sur sa console.

—Je n'y vois pas de problème si tu ne rentres pas trop tard.

—Et vendredi soir, on aimerait aller voir un film en plein air au parc de la Villette.

— On verra ça en temps et lieu, d'accord, pitchounette ?

— D'accord.

(C'est dans la poche, je crois ! Hé, hé, hé. YÉÉÉ !)

10 H 30

. Dans le wagon du métro qui nous emmène à
l'île de la Cité, où est située la cathédrale Notre-
Dame, je me remémore le film de Walt Disney que
j'ai tellement aimé lorsque j'étais petite. Ma scène
préférée est celle où la belle Esmeralda nargue
courageusement le méchant Frollo et ses soldats
pour libérer le bon Quasimodo, qui est attaché et
couvert de tomates écrasées. Pauvre Quasimodo !
Si doux, si misérable, et si laid ! Je suis finalement
hyper excitée à l'idée de voir les tours de Notre-
Dame, les cloches, les gargouilles et tout ! Youpi !

11 H

À la sortie du métro, nous devons emprunter
un pont pour atteindre l'île de la Cité. Encore une
fois, il fait un temps splendide, mais une chaleur
torride. Pourtant, ma mère ne semble pas du tout
affectée par les trente-sept degrés Celsius. Pas la
moindre goutte de sueur ne perle au bout de son

nez. Guide touristique à la main, elle est fin prête pour m'offrir une visite guidée de son cru.

—Cette île est aussi le berceau de Paris, m'apprend-elle.

—Que veux-tu dire par "berceau"?

—C'est ici qu'est née la ville, il y a plus de deux mille ans.

—Pas croyable! La cathédrale a deux mille ans, alors?

Ma mère éclate de rire. Ben quoi? Qu'est-ce que j'ai dit de drôle?

—Il y a deux mille ans, rien de tout cela n'existait. Ce n'était qu'un village où vivait une tribu celte, les Parisii. Puis les Romains sont venus, et ensuite les Francs. Les édifices que tu vois ont été érigés peu à peu, la plupart du temps sur les ruines d'autres bâtiments.

—Et la cathédrale?

—Elle a été construite entre 1163 et 1330, sur le site d'un temple romain.

—Ça veut dire qu'ils ont mis presque deux cents ans à la construire et que ça fait plus de six cents ans qu'elle est là?

(Wow! Je me suis drôlement améliorée en calcul mental cette année! ☺)

—Il a fallu cent soixante-dix ans, en fait. C'était comme ça à l'époque! Plusieurs générations de maçons, d'architectes, de tailleurs de pierre, de sculpteurs et d'ouvriers se succédaient pour construire les cathédrales. C'est d'ailleurs ce qui explique la richesse de leur architecture. Tu sais, tout près d'ici, une crypte archéologique contient des vestiges de maisons vieilles de deux mille ans.

— Sous la terre ?

— Dans un sous-sol, oui.

— C'est malade ! Dis, m'man, c'est quoi, au juste, des catacombes ?

— C'est un endroit où l'on entrepose des osse-ments. Où en as-tu entendu parler, ma chouette ?

— Oh ! Arthur et ses amis en discutaient hier. Il paraît qu'on peut les visiter.

— Oui, à Paris, on peut les parcourir. Tu en as envie ? Tu as chaud, hein ?

— Ben… oui, avoué-je, d'une toute petite voix.

— Si tu veux, je t'y emmène tout de suite après notre visite de la cathédrale. Il fera plus frais dans les sous-sols que n'importe où ailleurs, tu as raison.

(Hum, ce n'est pas tout à fait le résultat que je souhaitais, mais une petite promenade de recon-naissance avec ma mère avant vendredi soir ne devrait pas nuire.)

Maman continue à parler et à me décrire ce que nous allons voir pendant notre séjour, et puis, soudain, au détour d'une rue, nous y voilà. Nous sommes sur le parvis de Notre-Dame! Oh! Wow! Mon cœur cesse presque de battre tellement elle est belle! Comme dans le film de Disney! Non, plus belle encore puisqu'elle est bien réelle, avec ses façades ornées de statues, ses bas-reliefs[1], ses tours, ses cloches, ses magnifiques portails et ses gargouilles sur le toit! Je n'en reviens pas de ma chance d'être ici!

— Dis, m'man?

— Oui, pomponnette?

— On peut y entrer?

— Mais bien sûr! Nous sommes là pour ça. Viens, nous allons en faire le tour, puis je te réserve une surprise.

Ah bon! Moi, j'aime bien les surprises. ☺

11 H 40

Je ne me lasse pas d'admirer les différentes façades de la cathédrale. Pas un château au monde

---

1. Ouvrages de sculpture utilisés en décoration et réalisés sur une surface plane et unie.

ne doit être si richement orné! Il y a tellement de statues un peu partout et tellement de choses à regarder que mes yeux ne savent plus où se poser. On accède à l'intérieur gratuitement. Maman assure que c'est normal étant donné que c'est une église et pas un musée... L'intérieur de la cathédrale est pourtant plein d'œuvres d'art et les fenêtres sont parées de vitraux dignes d'un palais des mille et une nuits. C'est magnifique et il fait bien moins chaud dedans que dehors. Maman et moi en profitons pour nous asseoir en silence un moment.

12 H

— Tu aimerais voir les cloches de la cathédrale, les gargouilles et les chimères?

— Oh, ouiii! Mais, euh, je sais à peu près ce que sont les gargouilles, mais c'est quoi des chimères?

— Les gargouilles et les chimères de Notre-Dame sont des monstres imaginaires sculptés dans la pierre. Pour constater la différence entre les deux, il faut monter dans les tours jusqu'à la galerie des chimères. Tu veux y aller?

— C'était ça la surprise?

— Oui.

— Yééé!

Les fameuses gargouilles et leurs copines, les chimères, se cachent derrière une large galerie située entre les deux tours. Je m'attendais un peu à les voir s'animer, comme dans le film, mais elles restent parfaitement immobiles. En réalité, les gargouilles sont des sortes de gouttières par lesquelles s'écoulent les eaux de pluie. Les artistes du Moyen-Âge les ont sculptées en forme de démons. Quant aux chimères, elles sont en majorité assises sur la galerie entourant les tours, elles contemplent les passants sur le parvis et elles font **VRAIMENT** peuuur! Ces sculpteurs ont fait preuve de tant d'imagination! Ils voyaient réellement ces monstres dans leurs têtes, vous croyez? Comme pour les gargouilles, le visage et le corps des chimères sont mi-animal, mi-humain. Certaines portent des ailes d'oiseau, un bec d'aigle, des pattes griffues de lion, ou encore une queue de serpent ou de dragon. Je sens que je vais faire de nouveaux cauchemars cette nuit, moi!

Quant à la cloche de la tour sud, elle me laisse béate de surprise. Elle est É-NOR-ME! Si énorme que ça en paraît surréaliste. Quasimodo pouvait-il vraiment la faire sonner à lui seul?

—Il a réellement existé, Quasimodo, m'man?

—Il s'agit d'un personnage légendaire, chatounette. Quasimodo est apparu pour la première fois dans un roman du poète français Victor Hugo. Le livre s'intitule *Notre-Dame de Paris* et il a été publié en 1831, mais l'intrigue se déroule au Moyen-Âge. Le sonneur de cloches de Notre-Dame, Quasimodo, est élu pape des fous en raison de sa laideur. Le film de Disney que tu regardais quand tu étais petite est inspiré du récit de Victor Hugo, mais il est plus romantique et il a une fin heureuse. Ce n'est pas le cas du roman, puisque Esmeralda et Quasimodo meurent à la fin.

—Oooh! C'est trop triste.

Ma mère sourit doucement.

—Il arrive que les histoires tournent mal, ma poussinette. On n'y peut rien. Tu as toujours envie de voir les catacombes?

—Très.

—Alors, je propose que nous allions pique-niquer dans les jardins du Luxembourg, non loin du quartier Montparnasse, où se trouvent les catacombes. J'ai consulté mon guide touristique. À partir d'ici, il faut prendre le RER – c'est une sorte de métro de surface – jusqu'à la station Luxembourg. On s'y rend, on achète des sandwichs dans une boulangerie, on s'assied dans le parc, on

126

se détend et on mange avant d'aller dans les catacombes! Ça te va?

— Super!

13 H 30

Maman dit que l'arrondissement où est situé le
parc est au cœur de la rive gauche et que ça veut
dire que c'est un quartier très chic. Cool, non?

Le jardin est effectivement magnifique et
accueille beaucoup de monde. Au lieu des tradi-
tionnels bancs de parc, partout, des sièges en
métal vert sont placés gratuitement à disposition
des promeneurs. Nous en choisissons deux à
l'ombre, tout près de l'immense bassin central où
des enfants font flotter de jolis petits voiliers en
bois. Je me rappelle avoir vu ça dans un de mes
livres préférés, *Martine au parc*, que maman
m'avait offert pour mes quatre ans. Les petits
dirigent leurs embarcations, décorées de voiles de
toutes les couleurs, à l'aide d'un bâton de bois.
C'est trop *cuuute*! Dire que je suis ici aujourd'hui,
à Paris, comme dans les films! J'ai l'impression
de rêver tout éveillée. Ce moment me semble
parfait! Je me sens si heureuse. ☺

14 H

Mon sandwich avalé et ma limonade bue, je déguste mon éclair au chocolat en tournant la tête de gauche à droite pour observer attentivement nos voisins de parc. Des amoureux déambulent partout, mais pas la moindre trace de vedette en vue, du moins jusqu'à présent... Mouais, je suis un peu déçue quand même ! J'ai entendu dire que Kirsten Dunst passe la moitié de son temps à Paris, et que Brad Pitt et Angelina Jolie vivent en France. Je ne les vois nulle part pourtant ! ☺

14 H 05

Nous quittons le parc un peu à regret. Il faisait si bon à l'ombre des arbres entourant le bassin ! En route pour les catacombes, nous avons tellement chaud que nous dégoulinons de la tête aux pieds. Nous reprenons le RER pour nous rendre à la station Denfert-Rochereau, qui est la plus près des catacombes, me renseigne maman. Ce sera l'enfer cette visite ! (Pour faire un mauvais jeu de mots... ☺)

L'entrée des fameuses catacombes passe inaperçue. Pas de portail impressionnant ni de chimères en vue, mais plutôt une sorte de portique en métal vert, situé de l'autre côté d'un boulevard, près du cimetière du Montparnasse. (Un autre cimetière, oui. Vous avez raison. Il y en a en titi, des cimetières, à Paris!) Maman dit qu'au début du XXe siècle, jusque dans les années 1960, Montparnasse était le quartier bohème où aimaient se rencontrer les artistes et les écrivains.

— Des célébrités?

— Absolument!

— Comme qui?

— Ben...

Elle consulte fébrilement son guide touristique.

— Comme Joséphine Baker, Pablo Picasso, Henri Matisse, Marc Chagall, Marlon Brando....

— Ils sont toujours en vie? Je ne connais aucun d'entre eux.

— Euh! non, malheureusement. Ceux-là sont tous morts depuis un bout de temps. Beaucoup de personnes illustres sont d'ailleurs enterrées dans le cimetière à côté, comme Charles Baudelaire, Simone de Beauvoir et Jean-Paul Sartre, et même Serge Gainsbourg.

Pfff! Je me demande bien pourquoi on en parle encore s'ils sont morts! Les adultes ont de ces raisonnements débiles, des fois!

14 H 35

Encore une fois, il y a foule... et encore une fois, la file est en plein soleil! Ayoye! Heureusement, aujourd'hui, maman n'a pas de scrupules à dépasser tout le monde pour aller directement montrer sa carte de presse à l'entrée. À ma grande surprise, ça fonctionne de nouveau. Trop cool! Une fois passés le guichet et la porte d'entrée, un grand panneau avertit les visiteurs:

> *Véritable labyrinthe au cœur du Paris souterrain, les catacombes ont été aménagées dans les galeries d'anciennes carrières dont les pierres servirent à la construction de la capitale. Six millions d'ossements, provenant de différents cimetières parisiens, reposent dans ces galeries labyrinthiques d'une longueur de 1,7 kilomètre. La hauteur sous les voûtes est de 1,80 mètre et la température ambiante est de 14 degrés. La visite est déconseillée aux personnes souffrant d'insuffisance*

> *cardiaque ou respiratoire, aux personnes sensibles et aux enfants non accompagnés.*

Woouhooou! Ça va être malade! Ha, ha!

14 H 45

Pour accéder à la galerie, nous devons descendre une flopée de marches de pierre. Évidemment, puisque les catacombes sont situées dans le sous-sol de Paris... Brrr! Je frémis.

—Dis, maman-an? Tu sais s'il y a des araignées là-d'dans?

—Je ne crois pas, non.

—Comment ça, tu ne crois pas? Tu ne sais pas, ou tu sais et c'est non?

—Ben... non, je ne crois pas.

—Mais tu n'en es pas certaine?

—Ben... c'est ça, oui.

Grrr... Voir des ossements, je pense que je peux aisément le supporter. Il y avait un squelette surnommé Oscar dans ma classe de sciences cette année, et il ne m'a pas effrayée du tout. Mais je n'aime VRAIMENT pas les araignées, moi, elles me terrorisent, et si j'en aperçois une, je risque:

131

- de me mettre à hurler si fort que tout Paris entendra mon cri de mort ;
- de voir tous mes cheveux blanchir sous le coup de l'émotion ou de tous les perdre d'un seul coup, cils et sourcils compris (on appelle cela la « canitie précoce[1] », dans le premier cas, et la « pelade[2] ou alopécie », dans l'autre) ;
- de faire une attaque cardiaque ;
- de voir ma mère succomber sous mes yeux à une attaque cardiaque (à cause de mon cri de mort ou à la vue de mes cheveux devenus tout blancs ou disparus).

Blague à part, avoir peur des araignées, c'est sérieux. Ça s'appelle l'arachnophobie et ça peut être drôlement handicapant ! Et vous, vous avez la phobie de quelque chose ?

14 H 50

Au bas de l'escalier, nous arrivons dans un couloir. Le sol est en terre battue, les murs et les

---

1. C'est pas une farce, il paraît que c'est arrivé à la dernière reine de France, vous savez, Marie-Antoinette, la nuit précédant sa montée sur l'échafaud…
2. C'est pas des blagues non plus, ça arrive à plein de gens et c'est même arrivé à la princesse Caroline de Monaco, m'a dit maman.

plafonds sont en pierre, solidifiés par des piliers de ciment. Le passage est éclairé par des espèces de torches électriques rudimentaires accrochées aux murs. Ma mère avait raison : pas la moindre trace de toile d'araignée en vue, du moins sous cet éclairage tamisé. Je me détends donc tout à fait.

Les premiers cinq cents mètres ne nous montrent qu'une succession de couloirs, puis nous nous arrêtons à l'entrée d'une salle au plafond très bas. Au-dessus de l'ouverture, on lit une inscription : « *ARRÊTE ! C'EST ICI L'EMPIRE DE LA MORT.* » Avouez que ça fait peur... En tout cas, ça me donne des frissons le long de la colonne vertébrale, et voilà que les battements de mon cœur s'accélèrent légèrement. Quand il n'est pas question d'araignées, j'ADORE avoir peur ! Pas vous ? Quoi qu'il en soit, ma curiosité naturelle et mon excitation l'emportent rapidement sur mes appréhensions et je passe la porte sans plus réfléchir, ma mère sur les talons.

14 H 55

OMG ! À vingt-cinq mètres sous terre, ce que je vois est difficile à décrire, tellement c'est inimaginable ! Des MONTAGNES d'ossements s'accumulent ici ! Classés par tailles et par catégories, des tibias, des humérus et des crânes par milliers sont empilés savamment les uns sur les autres. Tous ces véritables restes humains ont été disposés de manière à former un macabre décor organisé. C'est malade! Glauque! Lugubre! Je vous le dis! En plus, il fait sombre parce que l'éclairage est réduit au minimum. Hooou, hooou, hooou!

—Regarde, m'man! On a l'impression qu'ils ont voulu reproduire une maison, ici. Les fémurs forment un grand carré. Au-dessus, les têtes montées les unes sur les autres figurent un triangle, alors que les tibias et les autres os longs, coincés de chaque côté, tiennent le tout ensemble. Un vrai travail d'artiste!

—Tu as raison. Et là, regarde, les crânes représentent une espèce de croix coincée entre les os de tibias. On est bien peu de chose, ma pitchounette. Je ne crois pas que j'aimerais qu'on entasse mes ossements ici.

—Tu vas bien, m'man?

Son teint a subitement tourné au vert.

—Pas trop, non. Je crois que je vais vomir!

—Ben voyons, m'man! T'es donc bien sensible, tout à coup. Prends sur toi! Tu as quarante ans, pas quatorze. Si moi, je n'ai pas peur, ne me dis pas que toi, tu es effrayée!

—Tu as raison. Ça va aller. Ne t'en fais pas.

Elle redresse le dos et me sourit faiblement. La paaauvre! Elle n'a décidément pas le profil d'une Indiana Jones au féminin. Moi si, par contre, du moins, il me semble. Je me verrais assez bien devenir archéologue! J'aurais le flair pour découvrir des trésors, je crois. Tiens, une chose m'étonne, ici. Ils ne sentent rien, ces os! En effet, aucune odeur forte ne flotte dans l'air, juste un faible relent d'humidité. Rien de dérangeant. D'ailleurs, çà et là, je remarque qu'un peu d'eau suinte par les fissures des murs. Normal pour un vieux sous-sol!

Cette première salle débouche sur un autre couloir qui donne sur d'autres cavernes, et ainsi de suite. D'autres mises en scène nous attendent, avec d'autres ossements savamment assemblés en figures géométriques et autant de phrases énigmatiques ou poétiques sculptées dans la pierre. Parfaitement à mon aise, je furète à droite et à gauche. Encore une fois, un tressaillement d'excitation me parcourt l'échine. Je suis dans un véritable décor de théâtre morbide. J'y passerais bien volontiers plus de temps, moi! Si seulement Gina et Gino pouvaient voir ça! Quoique, Gina étant un peu claustrophobe, je ne suis pas certaine qu'elle apprécierait vraiment. Oh là là! Il faut quand même que je trouve le moyen de revenir en compagnie des garçons demain soir!

Comme toute bonne chose a une fin, nous finissons par atteindre le bout du circuit ouvert aux touristes. Il nous faut remonter à la surface, dans la chaleur de cette fin d'après-midi parisienne.

— Tu as aimé ta visite, poussinette ?

— J'ai A-DO-RÉ ! Ça a passé trop vite. J'aimerais bien y revenir.

— Certainement pas pendant ce séjour-ci, ma chérie, mais pourquoi pas une autre fois ? J'ai entendu dire qu'il est même possible de visiter les égouts !

— Hein ? T'es sérieuse là ? Ça se visite VRAI-MENT, ça ?

— Pas à Québec ou à Montréal, mais à Paris, oui !

— Hum ! Ça ne doit pas sentir très bon.

— Surtout par cette chaleur...

Ils sont quand même un peu *weird*, ces Français, avec leurs excursions guidées insolites. Explorer les égouts, ça doit être comme visiter une sorte de cuvette de toilettes géante, non ?

— On fait quoi maintenant, m'man ?

— Il se fait tard. Que dirais-tu de rentrer tranquillement après un saut dans le centre, où sont les grands magasins? Je pensais que nous pourrions aller voir ce qu'il advient des soldes...

— Mais, maman, nous sommes déjà allées deux fois aux Galeries Lafayette.

— Oui, mais nous n'avons pas encore exploré Le Printemps, ni Le Bon Marché!

— Qu'est-ce que c'est que ça?

— Ce sont deux autres très prestigieuses enseignes situées non loin des Galeries Lafayette.

— Dis, m'man, tu ne serais pas un peu en train de perdre la tête là, avec ton magasinage? Tu risques de carrément nous ruiner, il me semble.

Ça fait trop drôle que ce soit moi qui lui dise ça!

— Mais pas du tout, voyons, puisqu'il s'agit de mon travail.

— Tu veux dire que ton travail consiste à frôler la faillite à cause d'une fièvre inattendue de nouvelles chaussures et de vêtements à la dernière mode?

— Bien sûr que non, Juliettounette. Je veux seulement aller jeter un coup d'œil et, éventuellement, me procurer une ou deux paires de souliers et de quoi rafraîchir un peu ma garde-robe, qui en a grandement besoin. Je n'avais pratiquement rien acheté depuis dix ans.

— Et la mienne, alors?

— Ju-lieeette ! T'ai-je déjà laissée manquer de quelque chose ?

— Mais non ! T'énerve pas. On y va, si tu veux.

(J'ai justement envie d'une nouvelle robe, moi aussi. ☺)

— De toute façon, on n'avait rien d'autre à faire ce soir, alors…

— Parle pour toi.

— Comment ça ? Tu pensais revoir Arthur et ses amis ?

— En principe, oui. Si tu es d'accord, évidemment. Rappelle-toi, je t'en ai parlé ce matin.

— Vous avez planifié quoi, déjà ?

— Ils doivent passer me prendre à l'appart à 19 h pour aller jouer à des jeux vidéo chez l'oncle d'Arthur.

— Hum, 19 h, c'est tard ! Je ne veux pas que tu rentres après 22 h. Il habite où, l'oncle d'Arthur ?

— Juste en haut du restaurant. Je pourrais rentrer à 23 h pour une fois, s'il te plaît, maman ?

— Oh ! C'est vraiment pas loin de chez nous. Comme tu es rentrée pile à l'heure hier soir, je vais y penser. Mais ne me déçois pas. Je ne veux pas que tu dépasses d'une seule minute la limite que je t'indiquerai.

— Oh ! merci, ma p'tite maman.

Je lui saute au cou et l'embrasse. Elle peut être tellement cool quand elle veut !

17 H 45

Je suis littéralement é-pui-sée ! Ma mère a été prise d'une folie de magasinage tellement frénétique que je me demande si nous pourrons manger autre chose que du riz, des lentilles et des Corn Flakes, l'automne prochain... Le magasin Le Printemps est presque une réplique des Galeries Lafayette, terrasse sur le toit comprise. Quant aux prix, heureusement que nous sommes en période de soldes... J'ai tout de même réussi à obtenir un nouveau sac à main en daim clair avec des franges et des perles cousues sur le fermoir (façon amérindienne), ainsi que des sandales assorties. Quant à maman, je ne vous dis pas le nombre de sacs qu'elle doit trimballer. Elle s'est acheté trois robes, deux jupes et deux paires de chaussures, dont de très jolies sandales à talons hauts. Je me demande bien pour qui elle projette les porter... (Non mais, c'est vrai, c'est presque du gaspillage de dépenser autant d'argent en jolis vêtements quand on passe sa vie enfermée à la maison à taper sur le clavier d'un ordinateur !) Nous terminons notre pèlerinage de l'après-midi au Bon Marché, rue de

Sèvres. Ce grand magasin est plus petit que les deux autres, mais encore plus chic et cher, si c'est possible. Les bras déjà pleins de paquets, nous commençons à voir notre enthousiasme faiblir.

—T'as vu le prix de ce parfum? s'indigne maman.

—Deux cents euros... C'est cher pour un parfum?

—Terriblement cher, et puis, mes pieds n'en peuvent plus!

—Les miens non plus, et je meurs de faim! On rentre à la maison?

—Pas tout de suite, je voudrais encore visiter le rayon alimentation. Ça s'appelle La Grande Épicerie et c'est juste à côté. Il paraît que ça vaut vraiment le détour et que c'est le plus chic et le plus grand magasin alimentaire de Paris.

—Mais, m'man, ça demeure une épicerie de luxe. Oublie le caviar et le foie gras. Moi, j'ai trop envie de bons tortellinis et j'ai rendez-vous à 19 h, souviens-toi.

—On a le temps! On a sans doute même le temps de passer dans une librairie que j'ai vue pas loin d'ici. J'ai envie d'un livre de recettes végétariennes. Ça te dit une salade de lentilles et de quinoa pour souper?

—Grrr...

J'ai envie de l'étrangler. Elle peut être tellement pénible quand elle veut !

19 H

Maman et moi sommes rentrées à 18 h 45. J'ai eu deux minutes pour avaler deux pointes de pizza achetées chez le traiteur italien en bas de la rue. Heureusement qu'elle n'a pas insisté avec son envie de salade de lentilles parce que je n'aurais pas pu sortir avant 21 h. Par contre, je n'ai pas eu le temps de me changer avant l'arrivée d'Arthur. Tant pis ! À l'heure pile, il appuie sur la sonnette. C'est maman qui va ouvrir.

—Ah ! Bonsoir, Arthur ! Oh ! Tu es venu avec tes amis.

—Bonsoir, madame Bérubé. Oui, je vous présente Thomas, Nicolas et Gaspard.

—Bienvenue, les garçons. Venez que je vous regarde un peu. Entrez !

—Maman ! On n'a pas vraiment le temps, là !

—Allons, Juliette, ne t'énerve pas. Je veux seulement voir avec qui tu vas passer la soirée. Vous voulez un verre d'eau, les garçons ?

Heureusement, Arthur me vient en aide.

—Ma tante nous attend, madame Bérubé. Elle nous a préparé des pizzas.

AVOIR SU !

—Oh ! C'est très gentil à elle. Vous allez passer la soirée à l'appartement, alors ?

—Oui. Puis-je ramener Juliette à 23 h ?

—J'avais plutôt pensé à 22 h.

—Je vous en prie, madame ! Il est déjà 19 h et nous n'avons pas encore mangé.

—Hum…

Les sourcils froncés, ma mère semble réfléchir aussi fort que s'il lui avait demandé de calculer combien font 3245 divisé par 735… Misère !

—Bon, d'accord !

Cool ! ☺

20 H

Arthur a une Xbox One et on joue à *Skate III*. Je m'amuse comme une folle ! Arthur est difficile à battre, mais je viens assez facilement à bout des trois autres garçons. Nan, nan, nan, nan… nan. Il faut dire que Gino nous a montré plus d'un truc, à Gina et à moi. On s'exerce tous les week-ends dans le sous-sol chez l'un ou chez l'autre !

—Alors, et pour demain, Jules, tu as parlé à ta mère ? veut savoir Thomas.

—Je lui en ai glissé un mot rapidement, dis-je, mais je n'aurai sa réponse que demain.

— Tu crois qu'elle t'autorisera à nous accompagner ? insiste Arthur.

— Je crois bien que oui, mens-je.

— Vraiment ? s'étonne Nicolas.

— Pourquoi pas ? Elle m'a bien laissée sortir ce soir. On ne va pas rentrer passé minuit quand même. Non ?

— Tu peux compter sur moi pour te ramener avant le dernier coup de minuit, Cendrillon, s'engage Arthur.

Je rougis comme la sauce sur la pizza préparée par la tante d'Arthur. (Qui était absolument exquise, soit dit en passant, même si mon estomac a demandé grâce après une seule pointe.)

22 H 45

Fatigués de se faire battre par une fille, les garçons ont fini par repousser les meubles de la chambre d'Arthur pour faire de la place afin de nous permettre de danser. Ça me fait tout drôle de me déhancher sur de la musique que je ne connais pas! Surtout que la plupart des chansons sont en français. J'aime bien Stromae, cependant. Vous le connaissez? J'apprécie aussi Indila, une chanteuse pop originaire de l'Inde que me fait découvrir Thomas avec la chanson *Run Run*, et M. Pokora. C'est tellement différent de ce que j'écoute chez moi d'habitude! Il y a aussi la chanteuse Shy'm. Sa musique est très rythmée et elle me fait un peu penser à Marie-Mai. C'est plutôt l'fun de danser avec quatre garçons à la fois. Thomas ne me quitte pas des yeux. Il bouge bien, je trouve. Arthur s'en tire pas mal aussi. Nicolas est plus maladroit. Il ne semble pas aussi à l'aise que sur sa planche et il me fait rire! Quant à Gaspard, il est ULTRA comique avec ses grands

bras qui pendouillent. On dirait une sorte…
d'orang-outan ! ☺

Oups ! La musique s'arrête brusquement ! Mais
pourquoi ? Qu'est-ce qui se passe ?

—Je te ramène, Jules, il est 22 h 45, annonce
Arthur.

—Attends encore un peu, je m'amuse trop, là !

—Non. J'ai promis à ta mère de te ramener
à 23 h, il n'est pas question que je trompe sa
confiance.

—Oh ! t'es nul. Ce n'est pas cinq minutes qui
changeront quelque chose, plaide Gaspard.

—Non, Arthur a raison, intervient Thomas, ce
n'est pas le moment de risquer qu'elle ne puisse
pas sortir demain soir.

—Allez, viens, tranche Arthur.

—D'accord, approuvé-je à contrecœur.

Décidément, tout le monde me traite en véritable bébé. Ça devient vraiment plate à la longue ! ☹

Vendredi 22 juillet

9 H

Comme tous les matins depuis notre arrivée, le ciel est clair, le soleil est radieux et la journée promet d'être... inoubliable !

— Mets ton maillot de bain sous ta robe, poussinette. Il fait encore une chaleur écrasante aujourd'hui et j'ai pensé que nous pourrions aller à la plage et peut-être même faire un tour en bateau.

— Hein ? Comment ça ? Il y a une plage à Paris ?

— Pas vraiment, mais il y a un événement qui s'appelle « Paris Plages » sur les bords de la Seine.

— La scène ? Quelle scène ? Tu veux dire que c'est un spectacle, en fait ?

Ma mère éclate de rire. (Qu'est-ce que j'ai dit de drôle ? Je n'aime pas beaucoup qu'on se moque de moi...)

— Je ne parle pas d'une scène de théâtre, ma puce, mais du fleuve qui sépare Paris en deux.

Nous l'avons déjà traversé à quelques reprises, dont hier, pour aller au Bon Marché. Chaque été, la mairie de Paris fait déverser plusieurs tonnes de sable sur la voie Georges-Pompidou, entre le pont des Arts et le pont de Sully.

— Hein ? C'est vrai ?

— Mais oui. Paris Plages a lieu de la mi-juillet à la mi-août depuis 2002. C'est super, non ?

— Malade ! On va pouvoir se baigner ?

— Non, malheureusement. Mais on va pouvoir se faire bronzer.

— *Chill !*

10 H 30

Me croirez-vous si je vous dis que, en maillot de bain et une limonade à la main, maman et moi somnolons sur des transats, entre des palmiers en pot ? Eh oui ! ☺ Tout près de nous, armée de seaux et pelles en plastique, une famille entière s'affaire à construire un château de sable. Plus loin, quelques jeunes de mon âge disputent une partie de volley-ball. Je me demande ce que font mes amis aujourd'hui. Gino et Gina dorment encore, étant donné qu'il est 4 h 30 du matin à Québec et probablement la même heure en

Argentine. Arthur aide certainement son oncle et sa tante au bistrot, le pauvre! Quant à Thomas, Nicolas et Gaspard, j'imagine qu'ils sont occupés à rassembler le matériel dont nous aurons besoin pour notre escapade de ce soir...

13 H

—Je n'en peux plus! Il fait trop chaud! lance soudain ma mère.

—Il fait probablement quinze degrés de moins au Québec, où il y a de fortes chances qu'il pleuve, alors ne te plains pas, riposté-je.

—Une petite croisière en bateau-mouche, ça te dirait?

—Oh! Ouiii! C'est possible?

—Mais bien sûr. Viens, suis-moi!

Abandonnant (un peu à regret quand même) mon siège de plage, je saute sur mes pieds.

—Tu m'emmènes où comme ça?

—Rhabille-toi. Pour monter à bord du bateau-mouche, il faut aller quai de Suffren, au port d'embarquement de la compagnie.

—Et c'est où?

—Tout près de la tour Eiffel, là-bas. Nous allons nous y rendre en longeant la Seine.

—On peut marcher au bord du fleuve jusqu'à la tour Eiffel?

—Absolument, c'est même très agréable. Viens!

14 H

C'est vrai que c'est cool de déambuler et même de flâner au bord de la Seine. Et puis, on est à l'ombre. Tant pis pour le bronzage, ça fait du bien de cesser de transpirer un peu.

Des bateaux de toutes les tailles sont amarrés un peu partout. Quelques-uns sont privés, mais plusieurs ont été transformés en restaurants. (En parlant de restaurants, je commence à avoir faim, moi!) Juste avant d'arriver à la tour Eiffel, nous croisons un marché aux puces. Des antiquaires et d'autres commerçants proposent toutes sortes d'articles: des disques vinyles, des livres usagés, des bijoux anciens, de la vaisselle, quelques petits meubles, des vêtements... Ma mère adore ce genre d'endroit. Nous nous arrêtons donc pour lui permettre de jeter un coup d'œil. J'espère seulement que sa fièvre de magasinage effrénée est passée...

—Tu cherches quoi, m'man?

—Hum, rien en particulier. Oh! Regarde, c'est un livre d'Enid Blyton, *Le Club des cinq en vacances*.

—Je n'ai jamais entendu parler ni de cette personne ni du Club des cinq.

—Lorsque j'avais ton âge, c'était mon auteure préférée et j'étais folle des aventures des héros de cette série, quatre cousins et un chien. J'ai bien envie de te l'acheter.

(Probablement une série qui se déroule dans les années 1970. Autant dire à l'époque des dinosaures!)

—Laisse faire, ça ne m'intéresse pas trop l'ancien temps, et puis, surtout, j'ai très faim. Il y a un kiosque de crêpes juste là. J'aimerais bien y goûter. Pas toi?

Debout derrière le comptoir d'une sorte de resto-roulotte, un homme et une femme offrent en effet aux passants les crêpes les plus appétissantes qu'il m'ait été donné d'admirer, salées ou sucrées. L'odeur est particulièrement alléchante et j'ai littéralement l'eau à la bouche. Maman ne semble pas me garder rancune d'avoir traité ses romans préférés d'histoires de l'ancien temps. Elle a aussi faim que moi, je crois, puisqu'elle commande deux crêpes jambon-fromage.

—Regarde là, l'une des tables réservées aux clients est libre. Va t'asseoir pour nous réserver la place, m'ordonne-t-elle.

— D'accord. Dis, je pourrais plutôt avoir une crêpe au Nutella?

— Après celle au jambon-fromage, alors.

14 H 30

Ça fait quand même du bien de s'asseoir. Il fait si chaud que mes pieds ont doublé de volume et que mes espadrilles me paraissent trop serrées. Lorsque maman vient me rejoindre, je saute littéralement sur mon repas. J'adore manger dehors, moi, et ces crêpes semblent réellement délicieuses (en particulier celle au Nutella). Je dévore la première en deux bouchées avant de me jeter sur la seconde. Mium! Je ne suis vraiment pas déçue.

— Oh! Julieeette!

— …uoi?

— Tu t'en es mis partout!

— …omment ça …artout? (J'ai la bouche pleine!)

— Viens ici que je t'en enlève un peu. Tu aimes ça, hein? Tu en veux une autre?

(Je déteste qu'on me pose des questions quand j'ai la bouche pleine! Me semble que c'est évident que je ne peux pas répondre, non? 😵)

— …on, …erci!

15 H

Une fois notre repas terminé, nous continuons notre chemin en direction du quai d'embarquement de la compagnie des bateaux-mouches, juste en contrebas de la tour Eiffel. Je suis heureuse de revoir la grande dame, d'autant plus que nous la voyons cette fois-ci sous un angle différent, c'est-à-dire d'en dessous. Elle est trop belle! J'extirpe l'appareil photo du sac à dos de maman et j'appuie sur le déclencheur une bonne quinzaine de fois. Tant qu'à être à Paris, autant prendre des photos pour mon mur Facebook! Nous rejoignons le guichet et maman achète deux billets.

Beaucoup de monde attend le bateau, mais il est vaste et nous ne tardons pas à monter à bord. C'est trop génial! Encore une fois, j'examine attentivement le visage des passagers autour. Zut! Je ne reconnais décidément jamais personne. C'est quand même incroyable, non? Qu'à cela ne tienne, cette fois, j'ai l'impression que c'est moi qui suis riche et célèbre! Quand tout le monde a embarqué, le bateau démarre et une guide multilingue munie d'un micro se met à commenter la visite. Nous avons choisi deux sièges à l'étage, c'est-à-dire à l'air libre. Mes cheveux virevoltent dans tous les sens, mais l'air frais créé par le mouvement du bateau me fait du bien et les alentours sont vraiment magnifiques. C'est le bonheur !

15 H 30

De ce point de vue, les bâtiments parisiens me semblent encore plus majestueux. J'a-do-re faire du bateau ! À condition d'avoir avalé des comprimés contre la nausée, évidemment ! Fort heureusement, ma prévoyante maman en avait apporté et j'ai avalé mes deux cachets en même temps que mes crêpes, tout à l'heure. J'ai vomi ma vie lors de tous nos voyages, en raison de la fragilité de mon estomac dans les moyens de transport, mais cette fois-ci, il semble que je vais arriver à passer mon tour. Yééé ! ☺

— Dis, m'man, tu sais pourquoi ça s'appelle un bateau-mouche ?

— Le terme "bateau-mouche" désigne un type d'embarcation destiné à transporter des touristes lors de croisières de très courte durée, ma poussinette.

— Oui, mais pourquoi "bateau-mouche" plutôt que "bateau-abeille", "bateau-coccinelle" ou "bateau-banane" ?

— En voilà une question, Juliettounette ! Je n'en sais absolument rien.

(C'est bien la première fois que ma mère, la Ti-Joe-connaissante, ne sait pas quelque chose. Lol.)

— Je vais aller me renseigner, décide-t-elle soudain, m'abandonnant sur mon siège pour se diriger à pas déterminés vers la cabine du capitaine.

Sacrée maman! Elle ne reste jamais en place très longtemps. Ils vont la prendre pour une hurluberlue, ça, c'est sûr!

Dix minutes plus tard, la voilà qui revient, le regard triomphant.

— Pis, tu leur as posé la question?

— Et j'ai la réponse, choupinette! Ça s'appelle un bateau-mouche parce que les premiers ont été construits dans des ateliers situés dans le quartier de la Mouche, au sud de la ville de Lyon.

— Cool!

(Une information qui me sera certainement très utile, ma vie durant... ☺)

Rêveuse, je me laisse envahir par mes pensées. Au fil de notre visite, nous passons sous plusieurs des ponts permettant de se déplacer d'une rive à l'autre de la Seine. Le grillage de certains d'entre eux est orné de centaines de cadenas. J'ai lu quelque part qu'on les appelle les «cadenas d'amour», parce que les amoureux qui vivent ou viennent à Paris ont pris l'habitude d'attacher des cadenas gravés à leur nom avant de jeter la clé dans la Seine. C'est fou, non? J'aimerais bien le faire aussi un jour... Un moment, ma pensée s'envole vers Gino. Je me demande comment ça se passe pour lui en Argentine! Et puis, je songe à Arthur et à ses amis que je dois retrouver ce soir. Un petit frisson me traverse le sommet du crâne. Ça va être vraiment *chill*! (Je repense à la montagne de crânes que j'ai vus dans les catacombes, justement. Ça promet! J'espère que maman ne lit pas sur mon visage que je lui cache quelque chose...)

16 H 30

—Tu as envie de faire quoi ce soir, chatounette?

—Ben justement, m'man, t'ai-je dit que j'aimerais aller voir un film en plein air avec Arthur et ses amis?

—Oh, c'est vrai! Où ça déjà?

—Au parc de la Villette. Il y a du cinéma sur la pelouse chaque mercredi, jeudi, vendredi, samedi et dimanche soir.

—Et ils pensent venir te chercher à quelle heure?

—À 20 h. Le film commence à 22 h.

—Oh là là! C'est très tard, ça! Comment se fait-il que le film ne commence pas plus tôt?

—Ben, il commence à la brunante, là. Il fait clair jusqu'à passé 21 h 30 et le film est en plein air. (Il me semble que c'est facile à comprendre!)

—Hum! Tu ne seras pas rentrée avant minuit…

—Arthur a promis de me ramener à minuit. S'il le faut, on quittera la séance avant la fin. Je ne veux pas que tu sois inquiète. Je t'en prie, ma petite maman, dis ouiii! Avec les amis d'Arthur, nous serons cinq, je ne risque donc absolument rien.

—Je sais bien, mais c'est normal que je sois anxieuse, non? Tu n'as que treize ans et nous sommes en pays étranger.

Qu'est-ce qu'elle m'énerve quand elle donne l'impression de ne pas être capable de prendre une décision! On dirait qu'elle a oublié que je lui en ai parlé hier! Là, je crois que je vais devoir sortir ma carte maîtresse…

—Maman, je t'en prie. Je suis toute la journée avec toi et je t'accompagne là où tu veux. Fais-moi plaisir, laisse-moi passer un peu de temps le soir avec des jeunes de mon âge! Si tu veux, je te promets que je t'aiderai à préparer le souper et à faire la vaisselle tous les jours lorsque nous serons de retour à Québec. Dis oui, ma petite maman d'amooouuur!

Pour montrer ma bonne volonté, je l'embrasse sur le bout du nez. Elle A-DO-RE ça. Je le sais!

— Bon, bon, si tu me prends par les sentiments, c'est d'accord. Mais ne rentre pas une seule minute passé minuit. Tu m'entends?

— Je t'ai très bien entendue. Je ne te décevrai pas. Promis!

19 H 30

Je tremble tellement je suis excitée. J'ai enfilé un jeans, un t-shirt et des espadrilles, et j'ai rassemblé mes cheveux en une queue de cheval. Sur les conseils d'Arthur, j'ai mis un épais coton ouaté dans mon sac à dos. Il risque de faire un peu froid à vingt mètres sous terre! Cette seule pensée me fait frissonner. J'adore frissonner (lorsque le danger n'est pas réel, évidemment), alors cette soirée promet d'être réellement formidable.

20 H

Pile à l'heure, mes amis sonnent à notre porte. C'est maman qui va ouvrir. Je remarque qu'ils ne semblent pas avoir grand matériel sur eux, mis à part un léger sac à dos sur les épaules chacun, et que Gaspard n'est pas avec eux.

— Ah ! Bonsoir, les garçons ! Entrez donc un moment, les invite ma mère.

— Nous n'avons pas le temps, madame Bérubé, s'excuse encore une fois Arthur. Gaspard nous attend en bas.

— Gaspard, c'est le garçon qui a une mèche sur l'œil, c'est ça ? Pourquoi n'est-il pas monté avec vous ?

— Nous avons pas mal de bagages avec le pique-nique et tout. Nous ne voulions pas porter tout ça, vous comprenez ?

— Hum ! Oui, évidemment, si vous envisagez pique-niquer là-bas...

Il faut que je sorte d'ici au plus tôt. Arthur, Thomas et Nicolas ne savent pas que j'ai dit à maman que nous allions au cinéma. Si elle leur demande quel film nous allons voir, je suis cuite !

— Bon, alors, on y va si on veut revenir à l'heure, interviens-je, un peu énervée.

— Je vous laisse partir. Passez une bonne soirée et, surtout, prenez bien soin de ma Juliettounette !

— Pardon ?

Arthur écarquille les yeux de surprise. Il ne semble pas certain d'avoir bien entendu... Évidemment ! Vous êtes étonnés, vous ?

— Maman ! Tu ne pourrais pas m'appeler Jules ou Juliette comme tout le monde !

Grrr... C'est vrai, quoi! Des fois, j'ai l'impression qu'elle aime ça, me ridiculiser!

—Tu ne m'embrasses pas?

—Je t'embrasserai à minuit. Salut, m'man!

20 H 05

Gaspard nous attend effectivement en bas, chargé comme un âne. Soupçonnant que je n'avais peut-être pas tout dit à ma mère, il a pensé qu'il valait mieux qu'il reste au rez-de-chaussée avec le matériel. Bonne initiative, je l'avoue. Surtout que l'immense sac contenant les cinq casques de sécurité équipés de lampes frontales fait on ne peut plus louche...

—Où les as-tu trouvés? demandé-je.

—J'ai "emprunté" à mon frère les clés du hangar où ses collègues de boulot et lui rangent leur équipement, explique Gaspard en soufflant avec nonchalance sur sa mèche rebelle.

—Tu veux dire qu'il ne sait pas que nous descendons dans les catacombes ce soir?

—Je ne vois pas en quoi ça le regarde. Et toi, avoue que tu n'as rien dit à ta mère!

Il se met à rire et, sans trop que je sache pourquoi, son rire me déplaît. Il a quelque chose de lugubre, d'angoissant. Bon, l'essentiel, c'est qu'on ne se fasse pas pincer, j'imagine.

—Ne me dis pas que tu as finalement menti à ta mère, déduit Arthur d'un ton désapprobateur.

—Ben, et toi? Tu as dit à ton oncle et à ta tante où nous allions?

—Non, mais c'est pas pareil.

—En quoi ce n'est pas pareil?

—Je suis un garçon, et toi, tu es une fille.

—Et puis après?

—Ben, ça me semble évident.

Évident, mon œil, oui! Non mais, il est con comme un bidon, ce garçon!

—Je n'ai rien dit non plus à mes parents, reconnaît Thomas.

—Ni moi aux miens, ajoute Nicolas.

—Alors, on est tous quittes, à ce que je vois, remarqué-je.

Partenaires, pour le meilleur et pour le pire…

En plus des casques, les garçons ont emporté des lampes de poche, des chandelles, des allumettes et quelques provisions. Arthur a aussi pris une couverture et Nicolas de la musique, c'est-à-dire son iPod et une mini-enceinte. De quoi passer réellement une belle soirée. Malgré la tension qui règne en raison de notre mauvaise conscience (causée par nos mensonges), nous sommes tous les cinq très excités !

Nous prenons le métro jusqu'à la station Denfert-Rochereau. Au moment de descendre, j'ai un petit pincement de remords au cœur en songeant que ma mère me croit en route pour le parc de la Villette... Mais je chasse rapidement cette pensée.

20 H 30

Lorsque nous arrivons à destination, au lieu d'aller vers l'entrée des catacombes, Gaspard nous entraîne de l'autre côté du boulevard, c'est-à-dire à la porte du cimetière du Montparnasse.

— Je pensais qu'on descendait directement dans les catacombes, s'étonne Nicolas.

— Tu sais ce que tu fais, au moins ? le questionne Arthur.

— On ne va quand même pas forcer la porte qu'empruntent les touristes ! réplique le garçon. Ne vous inquiétez pas. Je sais parfaitement ce que je fais. Il y a une entrée plus discrète par ici, venez !

Une fois dans le cimetière, nous marchons au milieu d'une sorte de grande allée longée de mausolées. Un panneau indique qu'il s'agit de la rue Émile Richard. Sans doute la seule de Paris à n'être bordée d'aucune maison et à ne compter aucun habitant encore en vie… me dis-je à moi-même. Houuouou! Houou! Hou, les fantômes! Vous allez avoir de la visiiite!

20 H 45

À cette heure-ci, l'endroit semble aussi désert qu'il est sinistre. Chacun d'entre nous étant absorbé dans ses propres pensées, nous suivons Gaspard à la queue leu leu, sans dire un mot. Lorsque Arthur s'arrête subitement, je sursaute presque.

Nous sommes à côté d'une drôle de tour, presque au fond du cimetière. Le soleil, qui commence à décliner à l'horizon, se cache soudain derrière un nuage noir. Il fait encore très chaud et je sue à grosses gouttes, mais on dirait qu'il va y avoir à nouveau de l'orage. C'est curieux, j'ai l'impression que le tonnerre se met à gronder chaque fois que je sors le soir avec les garçons. Si j'étais superstitieuse, je pourrais imaginer que c'est un mauvais présage…

—À cette heure-ci, la plupart des visiteurs du cimetière sont déjà sortis, commente Gaspard, personne ne devrait faire attention à nous.

—C'est quoi cette tour? m'informé-je, curieuse.

—C'est la tour d'un ancien moulin à vent, m'apprend-il.

C'est quand même étrange de penser qu'un ancien moulin à vent subsiste aujourd'hui dans un cimetière au beau milieu de Paris. Je souris toute seule. Je fais un merveilleux voyage, jusqu'à présent, mais cette soirée bat toutes les autres activités dans le domaine des aventures excitantes.

Sortant une clé de sa poche, Gaspard l'introduit dans la serrure de la porte de l'ancien moulin, qui ne tarde pas à s'ouvrir largement. Nous regardons à droite et à gauche avant de nous glisser à l'intérieur, histoire de nous assurer que personne ne nous observe. Dedans, il fait déjà sombre. Avant de refermer la porte derrière nous, Gaspard sort une lampe de poche de son sac.

— Mieux vaut ne pas allumer l'éclairage électrique si on ne veut pas attirer l'attention, déclare-t-il.

Gaspard a l'air de chercher quelque chose, il balaie le sol de terre battue avec la lumière de sa torche. Des feuilles mortes, des brindilles, du menu gravier et d'autres débris naturels traînent par terre.

— L'entrée est quelque part par ici, annonce-t-il.

— Vraiment ? demandé-je.

— Qu'est-ce qu'on cherche au juste ? questionne Nicolas, qui éclaire lui aussi le sol avec sa propre lampe.

— Une trappe. Ça y est, la voici. Aidez-moi, les gars !

Gaspard expose à la lumière une sorte de plaque de métal à moitié recouverte de détritus sur laquelle sont gravées les mêmes lettres que sur la plaque que nous avons vue dans la rue, mercredi soir : IDC.

— Ça signifie quoi, IDC ? me renseigné-je.

— Ça veut dire Inspection des carrières. C'est une porte d'entrée pour les gens qui vont travailler en bas, m'explique Gaspard.

Avec leurs mains, Nicolas, Thomas et Arthur aident Gaspard à déblayer la terre et les déchets qui recouvrent l'ouverture dissimulée dans le sol. Quand elle est entièrement dégagée, un anneau qui doit servir de poignée apparaît. Gaspard l'empoigne et tire de toutes ses forces.

— Ahhh !

Elle doit être vraiment lourde, cette trappe, parce qu'elle ne se laisse pas soulever facilement. Grimaçant sous l'effort, Gaspard finit pourtant par réussir à faire jouer les pentures rouillées et à renverser la plaque rectangulaire sur le côté. Nos cinq têtes se penchent vers l'ouverture. Le trou béant découvre un étroit escalier en colimaçon. Trop *chill* !

Gaspard se redresse, ouvre le grand sac contenant les casques de sécurité et en commence la distribution. Il y en a aussi un pour moi. Malheureusement, il n'est pas rose... ☺

—Tu es mignonne comme tout avec ça, me flatte Arthur d'un air taquin, après s'être coiffé du sien.

Intimidée, je rougis de la racine des cheveux jusqu'aux épaules. Je ne suis pas certaine que son compliment soit vraiment sincère. La vérité, c'est que mon casque est tellement grand qu'il ne restera sur ma tête que si je le retiens avec la main. Enfin, tant pis! Je l'enlève une minute pour sortir de mon sac à dos le chandail en coton ouaté que j'ai emporté. Malheureusement, je n'ai pas de lampe de poche, mais les garçons en ont chacun une, alors je ne pense pas que ce soit important, d'autant plus qu'il y en a une intégrée à mon casque.

—Allons voir ce qui se passe là-dedans, suggère Gaspard en descendant le premier.

Il est suivi de près par Nicolas et Thomas. Arthur me fait galamment passer devant lui.

—Après toi, ma belle amie.

J'entreprends la descente des marches avec méfiance et précaution. La présence d'Arthur juste derrière moi me rassure. Un coup d'œil par-dessus mon épaule me permet de constater qu'il laisse la trappe ouverte derrière lui. Fiou! Je pousse un discret soupir de soulagement. Je doute d'avoir encore envie de rester toute la soirée sous terre, moi... C'était cool avec ma mère et les dizaines d'autres touristes, hier, mais je ne suis plus si sûre d'apprécier autant le *thrill* de ce soir. J'essaie de me concentrer sur la tâche qui m'occupe au moment présent, c'est-à-dire descendre ces dizaines de marches sans me rompre le cou! Fermant les yeux un quart de seconde, je tente surtout de chasser le sombre pressentiment qui m'assaille soudain. Dieu sait ce que nous réserve ce mystérieux sous-sol! Maman! Qu'est-ce que je fais iciii?

21 H

Ne voyant pas plus loin que le faisceau de nos lampes de poche, nous découvrons ce qui nous entoure au fur et à mesure de notre progression. En bas de l'escalier, nous abordons une sorte de couloir d'à peine six pieds de haut sur trois pieds de large. Devant l'étroitesse du passage, je suis saisie d'un long frisson. À côté de moi, Nicolas doit s'en être rendu compte parce qu'il me prend la main.

— Ça va, pitchounette ? me lance-t-il à la blague. Grrr...

— Appelle-moi Jules, veux-tu ? C'est ainsi que tous mes amis me surnomment.

Pas question d'avouer que j'ai un peu peur... Par contre, je regrette de m'être montrée si sèche. Ce n'est pas le moment de me mettre Nicolas à dos ! Le plafond est si bas qu'Arthur et lui doivent garder la tête penchée et les épaules voûtées. J'espère pour eux que nous atteindrons rapidement la partie des catacombes que j'ai visitée avec maman hier.

21 H 10

Ce corridor est IN-TER-MI-NA-BLE !

21 H 20

Nous voilà dans une sorte de petit vestibule, soutenu par des colonnes et débouchant sur trois couloirs. Arhur et Nicolas peuvent enfin se redresser.

— Tu sais où aller ? demande Thomas à Gaspard.

— Bien sûr. Je suis déjà venu. C'est simple, il faut prendre à droite.

— T'en es bien certain ? s'assure Arthur.

—Absolument. Cessez de faire les trouillards et venez !

—Où ça, des trouillards ? crâné-je. En tout cas, il n'y a pas la moindre trouillarde, ici !

Le plafond du passage de droite est plus bas que le précédent. Il est donc aussi peu aisé à parcourir. De plus, un filet d'eau court sur le sol. Je regrette de ne pas être chaussée de bottes de caoutchouc. D'ici quelques minutes, mes espadrilles de coton seront trempées ! Au bout d'un moment, nous débouchons sur une deuxième salle, un peu plus grande que celle de tout à l'heure. Cette fois-ci, cinq nouveaux couloirs s'offrent à nous, en plus de celui d'où nous venons.

—Tu es sûr de ce que tu fais ? questionne Nicolas à l'intention de Gaspard.

—Tout à fait certain, confirme Gaspard en soufflant sur la mèche rebelle qui vient de sortir de son casque pour retomber sur son œil droit. Allez, cette fois, il faut prendre tout à gauche.

—Est-ce qu'on arrive bientôt ? m'impatienté-je.

—Plus que quelques minutes et ça y est, assure le garçon.

Le couloir de gauche nous conduit dans une autre salle. Pour notre plus grand plaisir, un mur entier est couvert de fémurs et autres os longs, au travers desquels des crânes ont été disposés en croix.

—Cool ! Nous voici enfin dans les catacombes ! ne puis-je m'empêcher de m'écrier.

—Je vous l'avais bien dit ! triomphe Gaspard.

La salle n'est pas bien grande, mais elle s'ouvre sur quatre autres corridors, fermés par des grilles. Aucune d'entre elles n'est verrouillée.

—Je crois que le passage du milieu permet d'accéder à la plus grande salle, affirme Gaspard.

—Quel passage du milieu ? Il y en a quatre, fait remarquer Arthur.

—Le deuxième en allant vers la droite, précise Gaspard.

Au bout de ce couloir, nous atteignons effectivement une caverne encore plus grande que les précédentes, soutenue par des colonnes de ciment et débouchant elle aussi sur trois nouveaux corridors. Tous les murs sont couverts d'amoncellements d'os. J'ai l'impression que nous sommes arrivés à destination, jusqu'à ce qu'un détail attire mon attention.

— C'est bizarre, lorsque je suis venue avec ma mère, hier, on voyait des affichettes avec les noms de rue accrochées aux murs. Ici, je ne vois rien.

— C'est sans doute parce que nous ne sommes pas encore dans la partie accessible aux touristes, raisonne Gaspard. Suivez-moi, c'est par là-bas, nous encourage-t-il en s'engageant dans le couloir du centre.

— Attends, l'arrête Arthur. Cette salle est déjà très bien. Pourquoi ne pas rester ici un moment ? On a apporté de la musique et de quoi manger. Profitons-en. On ne va pas se balader comme ça toute la soirée ! Juliette doit être rentrée chez elle à minuit, souviens-toi.

— Mais moi, je préférerais qu'on aille dans les lieux réservés aux touristes, le contredis-je. Je me sentirais plus en sécurité en terrain connu.

— Juliette a raison, assurons-nous plutôt de savoir où nous sommes, approuve Nicolas.

— Le hic, c'est que plus on avance, plus on risque de se perdre, soutient Thomas.

— Vous n'êtes qu'une bande de poules mouillées ! persifle Gaspard.

— Là n'est pas la question, argumente Thomas sans s'énerver. Nous sommes venus pour écouter de la musique et danser, non ?

— Je m'explique mal que Gaspard ne soit pas plus pressé que ça de nous montrer de nouveau son savoir-faire en matière de danse sauvage, s'amuse Nicolas en imitant ce qui me semble être un grand singe exécutant des pas de danse.

Arthur et Thomas ne peuvent s'empêcher de s'esclaffer.

— Que veux-tu insinuer, au juste ? riposte Gaspard en donnant une bourrade à son ami. Elle a quoi ma façon de danser ? Elle ne te plaît pas ?

— Allez, ne te fâche pas, l'ami. Je t'assure que tu es aussi gracieux qu'un danseur de ballet, plaisante Arthur, étouffé de rire.

Ça sent la soupe chaude, me dis-je en rigolant intérieurement (c'est plus poli). Mieux vaut faire diversion.

— Suivons Gaspard jusqu'à ce que nous soyons dans l'une des salles accessibles aux visiteurs que j'ai vues hier, décidé-je.

— D'accord, acceptent en chœur mes nouveaux amis, toujours aussi soucieux de me faire plaisir.

21 H 40

Le couloir de droite nous a menés vers un autre vestibule et quatre nouveaux passages. L'air un peu moins sûr de lui que tout à l'heure, Gaspard nous

172

entraîne cette fois dans le corridor à l'extrême droite. Au bout nous accueille une vaste salle au plafond un peu plus haut que les précédents. On dirait presque une salle de bal... décorée d'ossements. Malheureusement, je ne distingue pas la moindre trace d'affichettes mentionnant le nom des rues ou une quelconque sortie. Je tremble intérieurement, mais n'en laisse rien voir.

— On passe du temps dans cette salle ? propose Gaspard.

— Mieux vaut en effet cesser de bouger, approuve Nicolas.

— Je croyais qu'on devait danser, intervient Thomas en faisant mine de se gratter sous les bras comme un primate, afin de se moquer de Gaspard à son tour.

Sa petite face me ferait rire en temps normal, mais je suis un peu lasse, soudainement.

— En tout cas, moi, je ne vais pas plus loin, décrété-je. Je commence à être fatiguée et j'ai froid !

— D'accord, on passe le reste de la soirée ici, acceptent Arthur et Thomas en chœur.

— Je crains qu'il ne soit pas possible de faire un feu, mon amie, m'informe Arthur. Heureusement que nous avons apporté de la musique.

Danser te réchauffera, promet-il en me prenant la main et en me faisant tournoyer avec adresse.

Il est si gentil, Arthur. Je craque et retrouve illico le sourire !

— Tu te rappelles comment rebrousser chemin ? se renseigne Thomas auprès de Gaspard.

— Bien sûr ! Pour qui me prends-tu ? réplique le garçon en soufflant sur sa mèche rebelle.

Observant les ossements autour de moi, je réfléchis au fait que tous ces fémurs et ces tibias ont déjà appartenu à de véritables êtres humains. Ces crânes ont porté des cheveux, et ces orbites ont abrité des yeux. Ayoye ! Ça donne quand même la chair de poule. Je ne voudrais pas être enterrée vivante dans cette cave. Qui sait, on ne retrouverait peut-être mon squelette que dans cinq cents ans !

21 H 50

Je meurs de soif et j'ai un peu faim. Heureusement, les garçons ont anticipé le coup. Ouvrant grand leurs sacs à dos, ils commencent à sortir de quoi boire et manger. C'est trop cool ! Arthur et Nicolas ont apporté des sandwichs au jambon, au thon et des bouteilles d'eau. Thomas a des tablettes de chocolat Kinder et de la limonade rose. Mium !

J'adore! Quant à Gaspard, il sort d'abord une baguette et du pâté de foie de son sac, puis... six canettes de bière. Malade!

—Tu en veux une, Juliette? m'offre-t-il.

—Euh...

—Pas question de la faire boire, l'arrête Arthur. Elle n'a que treize ans.

—J'ai commencé à boire à quatorze ans, se vante Nicolas.

—Peut-être, mais Jules en a treize et pas quatorze, le reprend Thomas. Et puis, la bière, c'est dégueulasse. Ce n'est pas une boisson pour les filles!

Non mais! Ils se prennent pour qui, ces deux-là?

—Je voudrais quand même y goûter, déclaré-je. Juste une gorgée.

—Je ne crois pas que ce soit une bonne idée, me gronde Arthur. Ta mère ne me le pardonnera pas si tu es malade.

—Ce n'est pas une gorgée qui la rendra malade! s'exclame Gaspard.

—Il a raison, approuvé-je. Allez, Gaspard, passe-moi une canette.

Gaspard me tend la bière sans plus de cérémonie. Je la renifle avant d'y goûter. Beurk! C'est vrai que ce n'est pas très engageant! Mais il n'est pas question que j'aie l'air d'une enfant. Courageusement, je porte la boisson à mes lèvres, défiant Arthur et Thomas qui semblent déprimés. Ben quoi? J'ai pas le droit de m'amuser ou quoi?

Je réprime quand même une grimace. Je dois avouer que c'est plutôt dégeu... (Ça a un goût de pipi de chat... Non, je n'ai jamais bu de pipi de chat, mais je l'imagine, ARK-QUE!)

—Là, tu vois que c'est mauvais, s'indigne Arthur.

—Pas du tout, mens-je en étouffant un rot.

Pour donner le change, j'arrête de respirer quelques secondes et je prends une grande lampée, puis une plus petite.

—C'est pas si pire, persévéré-je.

—Tu me la rends? demande Gaspard.

Fâchée du regard noir que vient de me lancer Arthur, je décide de n'en faire qu'à ma tête.

—Je préfère la garder.

—Comme tu voudras, acquiesce gentiment Gaspard.

Lui, au moins, il ne me prend pas pour un bébé!

—Tu en veux une? propose Gaspard à Nicolas.

—Avec plaisir, mon vieux!

—Toi, Arthur?

176

— Sans façon, je n'en ai pas envie, décline mon ami.

— Toi, Thomas ?

— Non, merci. Je préfère la limonade.

Sans plus s'occuper de nous, Nicolas et Gaspard savourent leur bière en échangeant des plaisanteries. Constatant qu'Arthur et Thomas se contentent de la limonade, je me sens soudain un peu tarte avec ma canette, mais bon, tant pis.

22 H 10

J'ai mangé un demi-sandwich au jambon avec le reste de ma bière et avalé deux barres de chocolat à moi toute seule. Ma tête tourne un peu, mais il n'est pas question que je partage cette information avec les garçons. La fête bat son plein ! Nous avons déballé nos affaires, allumé des bougies et éteint nos torches électriques. Nicolas a sorti son iPod et sa mini-enceinte. La musique de Stromae résonne à nos oreilles. C'est trop cool ! Le rythme de *Alors on danse* est irrésistible et j'adore *Papaoutai*. Sautant sur ses pieds, Nicolas m'invite à danser. Les autres ne tardent pas à nous suivre. J'ai TELLEMENT de fun ! Cet endroit est bien plus *chill* que le gymnase de l'école !

Où t'es, papaoutai ?
Où t'es, papaoutai ?
Où t'es, papaoutai ?
Où t'es, où t'es où, papaoutai ?

22 H 20

Mes amis allument et éteignent leurs lampes, imitant un stroboscope. Je danse comme jamais et je m'amuse énormément. Moi qui suis timide d'habitude, je ne me reconnais plus. Arthur semble me bouder, mais ce n'est pas grave puisque Thomas danse avec moi ! Je suis la championne des danseuses. Je suis trop cool ! (Du moins, je le pense...) Je suis heureuse. ☺

22 H 30

Je danse un slow avec le beau Thomas, qui me serre tendrement contre lui. Comme d'habitude, il me fait les yeux doux. À l'improviste, il dépose soudain un baiser sur mes lèvres. Oups ! Je ne me sens pas très à l'aise, là ! Je détourne rapidement la tête. Ce n'est ni l'endroit ni le moment, il me semble ! Je jette un coup d'œil aux autres. Ils ont l'air de n'avoir rien remarqué.

22 H 50

J'ai mal au cœur, mais j'essaie de ne pas y penser... Peut-être que si je m'assieds, ma tête cessera de tourner et ça ira mieux! Oupsss! J'ai perdu l'équilibre et atterri durement sur mes fesses... Oh là là! On dirait que c'est pire quand je suis assise. Misère! Mieux vaut continuer à danser, alors. Je fais comment pour me relever maintenant? Heureusement, le galant Thomas est là qui me tend la main. Il est trop chouette! On dirait que je suis un peu maganée, là, mais je m'en fiche. C'est la fête!

23 H

—Il faut songer à rentrer, les amis, déclare Arthur, le rabat-joie.

—Il n'est que 23 h, on ne va pas se coucher avec les poules! riposte Gaspard.

(J'espère qu'il ne parle pas de moi! C'est vrai, il paraît que «poule» est un mot d'argot que les Français emploient pour désigner certaines filles... Mais on dit aussi que l'expression «se coucher avec les poules» veut dire «se coucher tôt». C'est pas toujours facile de les comprendre, les Parisiens! Mon Dieu que la tête me tourne, moi, là!)

—C'est vrai que le temps de rebrousser chemin, ce sera l'heure de reprendre le métro, renchérit

Thomas. Nous avons promis de ramener Jules autour de minuit, rappelez-vous.

— On peut rester encore un peu, suggéré-je, pour cacher que je préférerais attendre de me sentir mieux avant de bouger de nouveau.

— Arthur et Thomas ont raison. Allons-y, tranche Nicolas en me regardant d'un drôle d'air. Je crois que la petite a son compte, là.

(Qui ?)

— Il est même plus que temps de la ramener, renchérit Arthur.

Je DÉTESTE quand on parle de moi à la troisième personne !

23 H 10

Le temps de rassembler leurs affaires, les garçons sont prêts à repartir. Malheureusement, je ne suis toujours pas très en forme, mais plutôt mourir que de l'avouer. Lorsque Arthur me tend la main pour m'aider à me lever, je lui suis éperdument reconnaissante.

— Ça va, Juliette ? s'enquiert-il doucement.

— Ben, ouais, feins-je.

(La vérité, c'est que j'ai un peu envie de vomir et que mes jambes sont en coton...)

Je m'endooors! Et j'ai hâte de rentrer pour me mettre au lit. Nous marchons depuis dix minutes quand Arthur sème le doute dans nos esprits.

— On ne serait pas passés ici, tout à l'heure?

— Ben, non! conteste Gaspard, qui semble un peu éméché (lui aussi).

— Tu dis non, mais je reconnais ce pilier de ciment parce qu'il est ébréché juste ici, à la hauteur de mon front, insiste Arthur.

— T'hallucines! Allez, c'est parti, mon kiki, on continue, nous exhorte Nicolas.

— Je n'invente rien, mec. Je vous dis que c'est la deuxième fois que nous revenons dans cette salle depuis notre départ à 23 h 10.

— Allez, allez, sui... suivez-moi et tout... tout ira bien! bégaie Gaspard, le casque penché de travers sur sa tête. Nous avons tourné deux fois à gauche et une fois à droite. On ne peut pas se perdre, les z'amis!

— Tu es complètement soûl, oui, et tu es en train de nous égarer, l'interrompt Arthur.

— Mais pas du tout, allez, viens. Tu nous retardes! Mais je t'aime bien quand même. Tu es formidable! C'est fou comme je t'aime.

Joignant le geste à la parole, Gaspard fait une accolade à Arthur, qui le repousse avec agacement.

—J'ai surtout l'impression que tu as trop bu, toi aussi, mon ami.

—Hips! hoquette Gaspard.

23 H 30

—On arrive bientôt? demandé-je en accrochant mon pied gauche avec mon pied droit.

—Ne t'inquiète pas, me rassure Arthur d'une voix bizarre, tout en allongeant le bras pour m'empêcher de tomber.

En tête de cortège, Gaspard s'arrête. Perplexe, il regarde les deux issues devant lui.

—Normalement, on devrait être devant trois couloirs ici et non pas deux. Je ne comprends pas.

—Comment ça, "tu ne comprends pas"? Nous sommes perdus ou quoi? s'informe Thomas sur un ton qui ne lui est pas habituel.

—T'énerve pas, mec. Je tente de me rappeler où j'ai pu me tromper de chemin, se justifie Gaspard.

—"Tromper de chemin"? Tu veux dire que tu ne sais pas où nous sommes? s'alarme Nicolas. Hé, il n'est pas question que je couche ici. J'ai un rendez-vous avec une fille géniale demain midi! se vante-t-il.

—C'est ça, on te croit, se moque Thomas. Avoue plutôt que ta mère va te couper la tête si tu rentres après minuit.

—J'aimerais bien que vous la fermiez pour me laisser réfléchir! se fâche Gaspard.

—Tu es certaine que ça va, Jules? Tu es blanche comme un linge tout à coup, observe Arthur.

J'espère qu'ils regardent ailleurs, tous, parce que je sens que je vais être malade, là!

—Arrrh! Beuargh! Beuaaarrrgh! Je suis désolée, m'excusé-je d'une toute petite voix en fixant le contenu de mon estomac qui vient de se répandre sur le sol. ☹

23 H 45

Ma mère va me tuer! Je le sens… Je suis assise par terre sur la couverture qu'Arthur a sortie pour moi de son sac, ma tête tourne et mon esprit s'affole. Nous sommes PER-DUS! *OMG!* C'est un cauchemar!

—Mais enfin, Gaspard, tâche de te reprendre! l'encourage Thomas. Nous devons ramener Juliette chez elle au plus tôt.

—Avant qu'elle ne nous noie tous dans son vomi, exagère méchamment Nicolas.

—Moi, je veux bien, mais pour ça, il faut retourner d'où nous venons, affirme Gaspard.

—Ça ne sera pas évident de retourner d'où nous venons si nous sommes perdus, laisse échapper Thomas.

—Pas de panique, s'il vous plaît. Vous allez effrayer la petite, là! menace Arthur, exaspéré.

Gaspard, assieds-toi et essaie de refaire le chemin dans ta tête.

(Où ça « la petite » ? Voilà qu'ils se donnent la permission de me manquer de respect juste parce que j'ai vomi. C'est vraiment pas chic ! ☹)

— Je ne fais que ça, refaire le chemin dans ma tête, avoue Gaspard. Je crois bien que j'ai pris le mauvais embranchement à partir de la salle où il y avait cinq couloirs. Le hic, c'est que je ne suis pas certain de savoir comment y retourner.

— Comment ça, tu n'en es pas certain ? répète Nicolas. Allez, viens, on y va ensemble.

— Ce n'est pas le moment de se séparer, prévient Arthur. Le mieux est qu'on attende ici. Des secours finiront certainement par arriver.

— En tout cas, pas cette nuit, affirme Gaspard en hochant la tête de gauche à droite.

— Tu as averti quelqu'un de notre visite ici ce soir ? interroge Arthur. Ton frère ?

— Ben... non. Il me tuerait s'il savait que j'ai "emprunté" du matériel de son boulot.

— Et toi, Nicolas ?

— Je n'ai rien dit à personne. Toi, Arthur ?

— Moi non plus. Et toi, Thomas ?

— Non, personne non plus.

— Eh bien, les amis, j'ai peur que nous ne soyons dans de sales draps, annonce Arthur.

— Euh! Je n'ai malheureusement pas pensé à en apporter, s'excuse Gaspard.

— Apporter quoi? demandé-je naïvement.

— Des draps…

Samedi 23 juillet

MINUIT

Je meurs de soif et de fatigue. Heureusement, il reste à boire. Arthur me donne une gorgée d'eau de sa bouteille, mais annonce qu'il faudra dorénavant rationner les liquides.

— Nous ne savons pas combien de temps nous devrons attendre l'arrivée des secours, se justifie-t-il, et on ne survivra pas longtemps si on avale toutes nos provisions d'un coup. Il nous reste deux bouteilles d'eau et une de limonade. Or, nous sommes cinq.

— Je laisse ma part à Juliette, décide Nicolas en se tournant vers moi.

— Oh! Bravo, le superhéros! rigole Thomas. Je parie que tu changeras d'avis après une nuit ici.

On dirait vraiment qu'il envisage de passer au moins la nuit dans ce… ce sombre… mausolée!

Mon sang se glace dans mes veines. Je veux SORTIR D'ICI !

— Si on se mettait à crier, peut-être que quelqu'un nous entendrait, suggéré-je.

— Oublie ça, fillette, nous sommes à vingt mètres sous terre, objecte Gaspard, morose.

Qui ça « fillette » ? Ils m'ÉNERVENT à la fin ! Grrr...

— Mais, et demain matin, lorsque les catacombes accueilleront les touristes ? espéré-je.

— Bien sûr, c'est une option, mais à condition que nous ne soyons pas trop loin des galeries ouvertes au public, réplique Nicolas, aussi lugubre qu'un monument funéraire.

— Tu veux dire qu'on s'en est peut-être éloignés ? m'écrié-je en sentant le mal de cœur me reprendre.

— Il essaie de t'impressionner, c'est tout, assure Thomas en me prenant la main. Le fait est que nous ne savons pas du tout où nous sommes, mais fais-moi confiance, avec moi près de toi, tu ne seras jamais perdue.

J'aimerais le croire...

1 H

Je ne sais plus trop s'il fait jour ou encore nuit. Assise et enveloppée dans la couverture d'Arthur, je cogne des clous depuis une éternité, me semble-t-il.

— Tu ferais bien de t'allonger et de récupérer un peu, conseille mon ami. La nuit risque d'être longue. As-tu encore la nausée?

Somnolente, je fais non de la tête avant de suivre son conseil et de me laisser doucement glisser sur le sol. Avec de la chance, lorsque je me réveillerai, ce cauchemar sera terminé. Avant de sombrer complètement dans le sommeil, j'ai vaguement conscience que les garçons tiennent un conciliabule animé dans lequel il est question de se séparer demain matin pour augmenter nos chances de retrouver notre chemin et de pouvoir appeler des secours.

5 H

Lorsque j'ouvre les yeux, il fait nuit noire. Où suis-je? L'espace d'un instant, je me pense dans mon lit, à Québec, puis, sentant l'odeur de terre légèrement humide, je me souviens. Je suis dans les catacombes avec Arthur et ses amis et nous sommes PERDUS!

—Ahhh!

—Juliette! Que t'arrive-t-il? Calme-toi, je suis là, près de toi.

Mon ami accompagne ces mots d'une rassurante étreinte. Serrée contre lui, je m'apaise doucement. Ça me tranquillise de le savoir là, tout près.

—Il fait si noir! Pourquoi avez-vous éteint les lumières?

—Pour ménager les piles de nos lampes. Nous les rallumerons une à la fois dès demain matin. Essaie de te rendormir. Il n'y a rien de mieux à faire cette nuit.

Muette de stupeur, je comprends à quel point notre situation est précaire. Et si personne ne nous trouve avant que nos lampes ne tombent toutes à plat? L'éventualité de devoir tâtonner dans le noir pendant des jours à la recherche d'une issue de secours me fait trembler d'effroi! Mamaaan! Pourquoi ai-je été assez bête pour lui mentir au sujet de cette sortie? Tout est ma faute et je ne reçois que la punition que je mérite. À cette idée, des larmes inondent mes joues. Nous allons peut-être tous mourir ici!

—Jules?

—…

—Allez, ne pleure pas, murmure Arthur en me caressant les cheveux. On va s'en sortir, fais-moi confiance. Je vais prendre soin de toi.

Les paroles de mon ami ne me consolent qu'à moitié. Je sanglote encore un moment à gros bouillons avant de finalement retomber dans un lourd sommeil peuplé de songes étranges.

7 H

Je rêve que je suis dans un tunnel et que des morts-vivants à la forte odeur de moisissure me courent après. Leurs corps sont dans un tel état de décomposition que des lambeaux de peau traînent derrière eux. Je suis terrorisée! Lorsque l'un d'eux m'attrape entre ses doigts crochus et qu'il commence à me secouer comme un prunier, je pousse un hurlement d'épouvante. Aaah!

—Allez, Juliette, tu es en train de faire un cauchemar, il faut te réveiller! me sermonne la voix d'Arthur.

Hein? Qui a parlé? Où suis-je donc? J'ouvre les yeux et comprends que je suis encore couchée sur le sol, à côté d'Arthur qui a la main posée sur mon épaule. La mémoire me revient d'un coup et, avec elle, la conscience de notre triste réalité. Oh, nooon! Près d'Arthur sont assis Nicolas, Thomas et Gaspard. Une seule lampe de poche éclaire la salle. Autant dire que je devine les contours des corps de mes compagnons d'infortune plus que je n'arrive véritablement à les voir. Nous sommes perdus dans ce caveau géant depuis hier et personne ne sait que nous sommes ici!

C'est la ca-ta! Comme dans cata-combes. (Rire jaune…)

8 H

Grosse discussion entre les garçons. Gaspard et Nicolas proposent de scinder le groupe en deux.

— Ça multiplierait nos chances de dénicher la sortie, plaide Gaspard.

— Ou ça compliquera le travail des secours, oppose Arthur, l'air sombre. On en a parlé hier soir, tu ne vas pas ramener ça sur le tapis.

— Quel tapis? demande Nicolas, le pince-sans-rire. Le sol était tellement dur cette nuit que, ce matin, j'ai le corps aussi couvert d'ecchymoses que celui de la princesse au petit pois…

— Vous croyez vraiment qu'il y a du monde en train de nous chercher? interviens-je, pleine d'espoir.

— Non, désespère Nicolas. Soyons lucides, personne ne nous cherche parce que personne ne sait que nous sommes descendus ici.

— Mais n'y a-t-il pas une chance que ton frère s'aperçoive que tu lui as piqué du matériel ? questionne Thomas en s'adressant à Gaspard.

— Peut-être, mais pas avant lundi matin, affirme le jeune homme en baissant la tête. Notre seul espoir, mis à part la possibilité que nous retrouvions la sortie nous-mêmes, reste les brigadiers du groupe d'intervention et de protection de la préfecture de police de Paris.

— Qu'est-ce que c'est ? m'informé-je.

— C'est une escouade spéciale de la police qui a pour mission de surveiller les catacombes, me renseigne Arthur.

— Ah ! Et cette brigade, elle travaille les week-ends ?

— Je n'en ai malheureusement pas la moindre idée, ma pauvre Jules, confesse mon ami.

Cet espoir me semble bien mince. Oui, je fais pitié. Non seulement je risque de périr de faim et de soif dans ce tunnel, mais, si jamais j'en sors vivante, ma mère me tordra certainement le cou ! Dans l'un ou l'autre cas, je meurs dans d'atroces conditions ! Misèèère ! Et en attendant, nous allons apparemment être obligés de passer la journée sous terre. Voilà qui ne me réjouit pas du tout. Fini l'excitation devant l'inconnu. Fini le *thrill* de faire quelque chose d'interdit. Ça m'apprendra à mentir à ma mère, aussi! Gina m'avait pourtant bien avertie! ☹

9 H

À défaut d'une meilleure idée, nous décidons de bouger tous ensemble. Il fait très frais dans les catacombes, et nous mettre en mouvement nous réchauffera. L'odeur d'humidité me lève le cœur et j'ai mal à la tête. Il paraît que c'est normal quand on a pris une « brosse » la veille. J'ai tellement HONTE! Je meurs de soif aussi, et Arthur ne m'a accordé que trois gorgées d'eau…

La salle où nous sommes donne sur trois couloirs. Nous avons le choix entre rebrousser chemin ou choisir un des deux autres passages.

— Moi, je pense que nous devrions retourner en arrière, déclare Arthur.

— Je crois plutôt qu'il faut aller de l'avant, le contredit Gaspard.

— À mon avis, nous devrions nous séparer, recommence Nicolas. Un groupe pourrait prendre le couloir de droite et l'autre groupe, le couloir de gauche. Rebrousser chemin ne nous mènera nulle part. T'en penses quoi, Thomas?

— Je pense que nous avons décidé hier de rester ensemble. Pourquoi ne pas semer des indices sur notre passage? Vous savez, comme dans l'histoire du Petit Poucet, qui sème des cailloux derrière lui pour retrouver sa route.

— Bonne idée! s'exclament en chœur les trois autres.

Je suis vexée qu'on ne me demande pas mon avis. J'avais justement cette idée en tête avant que Thomas ne me la pique! C'est vrai quoi, *Le Petit Poucet* est un de mes contes préférés! ☻

10 H

En quittant la salle où nous avons fait la fête hier soir, nous avons rassemblé dans un sac en plastique les déchets de notre repas ainsi que nos bouteilles et canettes vides. Nous avions prévu le jeter une fois revenus à la surface et Arthur le traîne avec lui depuis. Nous avons donc un plein sac «d'indices» à laisser derrière nous à l'intention des policiers! Cool! Chaque fois que nous sortons d'une salle, nous déposons un de ces signes de notre passage à l'entrée du couloir que nous empruntons.

— Si l'escouade des brigadiers chargés de sur-veiller les tunnels nous trouve, non seulement nous aurons à payer une amende pour être venus ici sans permission, mais aussi pour avoir par-semé les catacombes de nos déchets, annonce Arthur, amer.

— C'est combien, l'amende ? demandé-je.

— Soixante euros par personne, révèle-t-il.

Il est donc ben décourageant, luiii !

13 H

Nous marchons depuis le matin et il semble que nos pas ne mènent nulle part. Comme nous mou-rons tous de faim et de soif, nous décidons de nous arrêter un moment pour faire le compte de ce qui reste de notre pique-nique d'hier soir.

— J'ai encore la moitié d'un sandwich au thon, annonce Gaspard.

— Moi, je dispose de la moitié d'une barre de chocolat, de trois pommes, d'un sac de chips et de la moitié d'une bouteille d'eau, énumère Arthur.

— J'ai aussi un sac de chips, une bouteille de limonade et une barre de chocolat, signale Thomas.

— Il ne me reste qu'une bouteille d'eau, nous avise Nicolas, la mine malheureuse.

Je fouille la poche de ma veste en coton ouaté et découvre le restant d'un paquet de chewing-gums à la saveur de gomme balloune. Yééé!

—Qui en veut? proposé-je en brandissant triomphalement le paquet.

Personne ne répond. Bon. Ça en fera plus pour moi. ☺

—Écoutez, dit Nicolas, je ne veux pas vous démoraliser, mais on ne peut pas se permettre d'épuiser toutes nos provisions maintenant. Dieu seul sait combien de temps nous devrons encore passer ici, alors il faut se rationner sérieusement. Je suggère de regrouper toutes les réserves et de désigner un responsable.

—Nicolas a malheureusement raison, appuie Arthur. Notre survie peut en dépendre.

—Je propose Arthur comme responsable, annonce Thomas.

Cette aventure prend décidément une tournure plus qu'angoissante. Dans un silence de mort, nous rassemblons le reste de nos victuailles, puis Arthur les divise en deux et nous redistribue la moitié pour en faire un maigre repas. Je commence à avoir très peur, moi, là…

Notre modeste festin terminé, nous reprenons notre route après avoir tiré à pile ou face le souterrain que nous emprunterons. En signe de notre passage, nous abandonnons un sac de chips vide.

17 H

Nous avons marché tout l'après-midi et mes jambes ne me soutiennent plus. Pitié, faites que ce cauchemar se termine! Cette enfilade de couloirs et de salles me semble interminable. On n'en verra donc jamais le bout? C'est un véritable labyrinthe!

— Mais, ma parole, nous sommes déjà passés ici! s'exclame Arthur.

— Comment ça? répliquent en chœur Thomas et Gaspard.

— Regardez ce sac de chips vide! C'est celui que nous avons déposé tout à l'heure.

— Tu en es certain? le pressé-je.

— Je le confirme, assure Nicolas. Ça signifie que nous avons tourné en rond tout l'après-midi sans avancer d'un mètre.

— Et surtout que nous risquons de passer une autre nuit ici, prédit Arthur.

— Ah, non! me révolté-je.

Épuisés et accablés, nous décidons d'interrompre notre marche, du moins pour quelques heures.

19 H

À la lueur des quelques chandelles qui nous restent, nous passons notre deuxième soirée dans les catacombes en nous préparant psychologiquement à y demeurer une nuit de plus. Souligner que nous nous amusons beaucoup moins qu'hier soir est un « euphémisme », comme dirait ma mère. Pour garder le moral, nous écoutons de la musique.

— Mon iPod n'aura sans doute pas suffisamment de batterie pour fonctionner toute la soirée, mais au moins, on en aura profité, se félicite Nicolas.

— Vous avez envie de danser, les mecs ? s'enquiert Gaspard, faussement engageant.

Je me demande s'il m'inclut dans « les mecs ». Si c'est le cas, c'est correct, mais sinon, pour qui se prend-il à m'ignorer continuellement, celui-là ? De toute façon, personne ne lui répond. Manifestement, nous n'avons pas le moral. J'aimerais bien savoir ce que fait ma mère. Elle a sûrement déjà averti la police, à l'heure qu'il est ! Elle sera allée chercher l'oncle et la tante d'Arthur, et ils se seront rendus ensemble au commissariat. Lorsqu'on nous retrouvera, je serai privée de sortie pendant un an, minimum ! Je serais curieuse de voir comment elle réagirait si nous disparaissions. Je secoue la tête pour chasser mes pensées pessimistes. Tout ça est ridicule. On nous retrouvera, et maman et moi rirons probablement de tout cela à Noël. Du moins, je l'espère...

À quoi se mesure la richesse ? Je donnerais tous mes cadeaux de Noël prochain, plus ceux des années passées et tout ce que j'ai dans ma chambre à la maison, y compris le contenu de ma garderobe, pour sortir d'ici et retrouver les cris stridents de ma mère lorsqu'elle me sort du lit pour l'école le matin : « Julieeettte ! »

20 H

Faisant contre mauvaise fortune bon cœur, nous profitons de l'atmosphère particulière imprégnant les murs qui nous entourent pour nous raconter des légendes ou des histoires à faire peur.

— Saviez-vous qu'il existe des "stations fantômes" dans le métro parisien ? commence Arthur.

— Où es-tu allé chercher ça ? l'interrompt Nicolas.

— Il a raison, mon père m'en a parlé, intervient Thomas. Il paraît qu'il y a des stations qui ne figurent sur aucun plan parce qu'elles ne sont plus utilisées depuis la Seconde Guerre mondiale.

— Sérieux ? m'intéressé-je. C'est donc ben *hot* ! On peut les visiter ?

— Je ne pense pas, me démotive Arthur.

— Ah non ? Ça les rend encore plus attrayantes, alors !

— Ces stations sont parfois utilisées pour le tournage de certains films, à ce qu'il paraît, énonce Thomas.

— Oh ! Dommage qu'on soit perdus, on aurait pu partir à leur recherche, rétorqué-je.

Les garçons éclatent de rire. Mais qu'ai-je donc dit de drôle ?

— Ne m'annonce pas que tu as encore envie de visites clandestines ! lance Nicolas, ironique.

— Heureux de voir que tu n'as perdu ni ton sens de l'humour, ni ton goût pour l'aventure, Jules, me complimente Arthur en me présentant la paume de la main pour m'inviter à claquer un retentissant *high five*.

Je rosis de plaisir.

— Sais-tu que tu es aussi jolie après vingt-quatre heures dans ces tunnels que si tu venais à peine de sortir de ton lit chez toi ? commente galamment Thomas.

— ...

Je rosis doublement. Il y a quand même des situations pires que d'être coincée dans un sous-sol avec quatre garçons, non ? ☺

—Je ne sais pas où on est, raconte à son tour Nicolas, mais il paraît qu'il y a un lac souterrain sous l'Opéra Garnier.

—L'opéra qui est hanté par un fantôme? ne puis-je m'empêcher de réagir.

—Exactement, poursuit le garçon. Tu en as entendu parler?

—Ma mère m'en a glissé un mot lorsque nous y sommes allées, oui.

—Il semble que le fantôme y élèverait des poissons pour qu'ils lui servent de nourriture. Si on pouvait tomber sur lui, on aurait au moins de quoi manger.

—Ne parle surtout pas de poisson, tu nous donnes faim! râle Arthur.

—Le crocodile, ça se mange? interroge Thomas.

—La queue est délicieuse, d'après ma mère, qui y a goûté, affirmé-je. Pourquoi?

—On dit qu'il y en a un dans ces tunnels.

—Meuuuh! Tu me niaises là?

Cette conversation exacerbe ma faim. Je mangerais TOUS les poissons disponibles et le crocodile avec, s'il existe. L'eau me vient à la bouche rien que d'y penser.

—Hein? Qu'est-ce que tu viens de dire là? "Tu me niaises"? Qu'est-ce que c'est, "niaiser"? Ça veut dire quoi? C'est du québécois?

J'éclate de rire.

— Oui, c'est du québécois. Ça veut dire : "Es-tu en train de te moquer de moi ?"

Ça fait du bien de penser à autre chose qu'à nos soucis !

— Oh ! Alors, je ne te "niaise" pas du tout, amie québécoise. On raconte vraiment qu'un croco habite dans les catacombes.

— C'est une légende urbaine, évidemment, commente Gaspard, mais ce qu'il y a de vrai, d'après mon frère, c'est que ces sous-sols, qui comprennent aussi les égouts, seraient le foyer de pas moins de cinq millions de rats, soit environ deux rats par habitant de la surface.

— Le rat, il paraît que ça se mange en tout cas, remarque Nicolas, égal à lui-même.

— Ouache ! Arrêêête ! C'est vraiment trop dégueu-lasse !

(Moi qui commençais à me détendre. Y est donc ben dégoûtant avec ses rats, luiii !)

— On dit aussi que des vampires habiteraient les catacombes, enchaîne Arthur.

— Qui a dit ça ? demandé-je.

— Des tas de romans en parlent, m'apprend le jeune homme. Tu as entendu parler de Lestat de Lioncourt ?

— Euh ! Non.

— C'était un jeune noble français transformé en vampire au cours du XVIIIe siècle. Il se produisait dans un théâtre abritant dans ses sous-sols toute une troupe de vampires, qui donnaient des spectacles à un public de mortels. On raconte que, même si le théâtre a été incendié pour venir à bout de ces monstres buveurs de sang, certains d'entre eux hanteraient encore aujourd'hui ces caves, à la recherche de victimes.

— Yooouhoooou! Je sens des sueurs froides me couler dans le dos. Gare à nous, les amis! Quelqu'un a un crucifix, de l'eau bénite ou de l'ail? questionné-je.

Je rigole doucement. Je passe quand même une belle soirée, finalement. Enfin, compte tenu des circonstances... Ils sont cool, ces garçons! Je pense cela, et puis, soudain, voilà que ma mère me revient en mémoire. Je me demande si elle trouverait le moyen de sortir d'ici, elle. Sûrement! Elle doit tellement s'inquiéter, la pauvre... Mon cœur se met à battre la chamade et mon semblant de joie disparaît subitement. Même si elle m'a donné un prénom qui sonne comme « débarbouillette », « clarinette », « sonnette » et « trompette », elle demeure tout de même la meilleure maman qui soit au monde. Quant à mon père, j'aimerais bien savoir qui il peut bien être… Est-il mort ? Est-il six pieds sous terre comme tous ces squelettes autour de nous ou est-il toujours vivant ? Il faudra que j'ose enfin poser la question à ma mère, un jour !

22 H

La batterie de l'iPod de Nicolas vient de rendre l'âme, ce qui renforce notre sentiment de perdre peu à peu contact avec la civilisation. J'ai aussi l'impression de perdre de plus en plus la notion du temps. La faim me tenaille et j'ai sommeil. Arthur dit qu'il est 22 h et qu'il faut dormir pour garder la forme et le moral en vue de la journée de demain. Ça veut dire que nous sommes ici depuis plus de vingt-quatre heures. Cela me paraît dur à croire ! Cela signifie également qu'Arthur envisage un autre jour sous terre… Nous n'avons pris qu'un seul maigre repas aujourd'hui, la faim et la soif deviennent difficiles à supporter. Malgré nos protestations, Arthur ne nous a accordé que deux gorgées de liquide chacun et un minuscule morceau de chocolat en guise de souper. Il certifie qu'il faut garder de quoi boire et manger pour demain si nous voulons tenir le coup. « Tenir le coup »… Arthur parle comme si la situation risquait de durer encore des jours ! Ça devient désespérant !

Il existe un dicton qui dit : « Qui dort dîne. »
Faute de repas à nous mettre sous la dent, les
garçons et moi commençons à nous installer pour
passer notre deuxième nuit ici. Je me sens sale et
je rêve d'un bain bouillant, d'un pyjama propre,
d'un lit douillet et de mon éléphanteau adoré,
l'éléphant gris en tissu éponge avec lequel je
m'endors chaque soir depuis que je suis toute
petite...

— Tu es bien comme ça, Jules ?

— ...

— Tu dors, mon amie ?

— Zzzzzzzzzz...

Dimanche 24 juillet

2 H

Pendant que notre petit groupe dort à poings fermés, vaincu par la fatigue et le découragement, trente-cinq policiers du groupe d'intervention et de protection, rompus à ce type d'exercice et disposant d'une parfaite connaissance du labyrinthe qui s'étire sous Paris, se sont répartis en six équipes. Chacune d'elles pénètre dans les souterrains à diverses entrées, bien décidée à ratisser les galeries à notre recherche. Ces hommes et ces femmes, parfaitement entraînés, doivent cependant affronter un problème de taille : il ne leur est pas possible de communiquer entre eux puisque, à cette profondeur, aucun réseau radiophonique ou téléphonique ne fonctionne. La seule solution pour contrer cette difficulté consiste à remonter régulièrement, pour faire le point par radio, avant de redescendre explorer les galeries.

Là-haut, à l'intérieur de l'ancien moulin du cimetière du Montparnasse, ma mère, qui se tient en compagnie du frère de Gaspard ainsi que de l'oncle et de la tante d'Arthur, ronge son frein. Elle n'a pas dormi depuis vingt-quatre heures et son visage trahit son angoisse. En effet, déjà hier, à 1 h du matin, elle a traversé la rue pour aller s'enquérir auprès de l'oncle et de la tante d'Arthur de possibles nouvelles. Très soucieux, tous trois se sont rendus au poste de police pour signaler notre disparition dès 1 h 30 du matin. Dans le 13e arrondissement, les parents de Thomas en faisaient autant, tout comme ceux de Nicolas et de Gaspard, dans le 20e arrondissement. Communiquant entre eux, les différents commissariats de police n'ont pas manqué de faire des liens entre les ados, en particulier quand le frère de Gaspard a constaté la disparition de la clé donnant accès à la tour du vieux moulin, puis celle des casques de sécurité.

8 H

J'ouvre les yeux et, l'espace d'un moment, j'ai de nouveau peine à me rappeler où je suis. Dans mon lit, à Québec, enfin ? Compte tenu de la dureté du matelas, probablement pas ! Dans l'appartement parisien avec maman ? Oh, non ! La réalité me revient. Je suis toujours dans les catacombes avec Arthur, Thomas, Nicolas et Gaspard. Nous sommes perdus et affamés. À côté de moi, les quatre garçons dorment encore. Même si je ne les vois pas, j'entends leur souffle régulier et pourtant, je me sens TELLEMENT seule. Je songe à maman, à Gino et à Gina. Que font-ils à cet instant ? Autour de moi, c'est le trou noir. Et si je ne les revoyais jamais ? Cette idée me fait trembler d'épouvante. Pendant une seconde d'égarement, j'ai même une pensée tendre envers les sœurs Lirette et mon prof de maths en deuxième secondaire, monsieur Pythagore. Ayoye, je ne vais réellement pas bien, moi ! J'aurais dû écouter les conseils de Gina, aussi ! Bon sang, que je peux être tarte, des fois ! ☹

8 H 05

Je dois gigoter sans m'en rendre compte parce que mes compagnons se réveillent peu à peu.

—Ça va, Juliette ? s'inquiète Arthur.

—Euh ! oui, mais j'ai drôlement faim.

—Je te comprends. J'ai faim aussi. Ta mère te manque ?

—Euh !

(Je suis censée répondre quoi là ? La vérité ?)

—Un peu...

— La mienne aussi me manque, tu sais.

— C'est vrai ?

— Absolument. Penser que je pourrais ne plus la revoir...

On dirait que sa voix se casse, tout à coup. Il n'a donc pas menti. Eh bien ! Moi qui avais peur de passer pour un bébé lala.

— Je vous ai entendus, nous avertit Gaspard. J'ai faim, moi aussi. Attention à toi, Juliette. Comme tu es la plus jeune, il se pourrait bien que ce soit toi que l'on décide de... manger !

Il éclate d'un rire sans joie, une espèce de rire... diabolique !

— Eille ! T'es pas drôle, Gaspard Montrival !

C'est vrai quoi ! On a beau être dans les catacombes, j'en ai assez de son humour noir ! Me manger, en voilà une idée ! Le pire, c'est que j'ai entendu dire que c'était déjà arrivé à des naufragés affamés. Désespérés, il paraît qu'ils ont fini par dévorer les cadavres de ceux qui étaient morts de faim. *OMG !* Je pense que je vais être encore malade !

8 H 15

Sans hâte, nous nous étirons et nous asseyons les uns après les autres. Il ne nous reste que trois lampes fonctionnelles, dont deux sur les casques. Nous n'en allumons qu'une... Le cœur lourd d'angoisse, nous avalons les dernières miettes du pique-nique que les garçons avaient apporté et buvons une gorgée chacun. Je sais que l'on peut tenir plusieurs jours sans se nourrir, mais il paraît que l'on ne survit vraiment pas longtemps sans eau ! Et si personne ne nous délivre avant que nous ne mourions tous de soif et de faim ?

À la lueur de la lampe, les visages renfrognés de mes compagnons d'infortune sont un bon indicateur de leur degré d'abattement. Arthur a l'air sérieux, mais son expression est neutre. Thomas semble triste et abattu. Nicolas est plus silencieux que d'habitude, il a la mine sombre et ne regarde personne. Quant à Gaspard, il paraît si nerveux qu'il m'affole. Il sursaute au moindre bruit et marmonne pour lui seul. J'espère qu'il ne prépare pas un mauvais coup ! Moi, je ne sais pas quelle allure je peux avoir, mais de nouveau, je pense à ma mère. À son chagrin si jamais il devait m'arriver quelque chose. Elle dit toujours que, depuis ma naissance, je suis le centre de son univers et qu'elle ne survivrait pas sans moi. Ça me semble un peu exagéré, mais à cette pensée, j'ai beaucoup de mal à retenir mes larmes. L'une d'elles s'échappe et vient s'écraser sur ma joue. Je m'empresse de l'essuyer avec la manche de mon chandail. En même temps, j'en profite pour le renifler discrètement. Pouah! Il PUE! Je suis dégoûtante! J'ai indéniablement besoin d'une douche, en tout cas. Il faut que je trouve le moyen de sortir d'ici!

8 H 30

Personne ne parle et tous évitent le regard des autres, ce matin. C'est Gaspard qui, le premier, finit par rompre la glace.

— Bon, alors, on fait quoi, ce matin?

— Qu'est-ce que ça veut dire, "on fait quoi"? Tu veux aller jouer au foot au parc de la Villette? l'agresse Nicolas.

— Calme-toi, vieux. Je voulais dire, on bouge ou on attend? Les heures s'étirent et ça devient désespérant... Je ne sais pas vous, mais moi, je commence à être abattu.

— On bouge ou on attend, hein? T'as rien de mieux à nous proposer, hé, le roi des catacombes? Tu n'étais pas censé les connaître par cœur, ces galeries? C'est toi qui nous as entraînés ici. On attend ton plan pour en sortir!

— Nicolas, calme-toi, tempère Arthur, perdre notre sang-froid ne nous avancera pas du tout, alors arrête.

— Tout ce qui nous arrive est la faute de ce con-là, agresse Nicolas, visiblement trop furieux pour se maîtriser. Il faut quand même que quelqu'un le lui dise, à la fin ! T'es content, Gaspacho ?

— Tu es en colère parce que tu as peur, Nicolas, c'est normal, s'interpose Thomas, mais insulter Gaspacho, euh, je veux dire Gaspard, ne nous servira pas. Si on y réfléchit, on s'est mis dans le pétrin tous ensemble. Personne n'est plus coupable qu'un autre.

— Ah, toi, l'homme rose, garde tes réflexions pour toi ! riposte Nicolas.

— Tout est ma faute à moi, si je n'avais pas menti à ma mère, elle n'aurait jamais voulu me laisser venir et nous n'en serions pas là, me lamenté-je en éclatant en sanglots.

— T'as vu ce que t'as fait ? gronde Thomas en jetant un regard noir à Nicolas.

— Allons, allons, m'apaise Arthur en me prenant dans ses bras et en me tapotant doucement le dos, nous avons tous menti à nos parents, et puis, c'est moi qui t'ai entraînée dans cette histoire. Calme-toi. Ce n'est rien, on va s'en sortir, tu vas voir. Je me suis réveillé avec le sentiment que tout allait s'arranger aujourd'hui. On va partir d'ici, je te le promets. Ou nous allons trouver l'issue, ou quelqu'un va venir nous chercher. Là, là...

Les paroles d'Arthur me font du bien. Je comprends que je me suis laissée aller et que ça ne peut qu'empirer les choses. Je suis plus forte que cela, d'habitude ! Hé ! Je suis une aventurière, une fameuse globe-trotter ! Je me redresse en reniflant et j'essaie de me recomposer une figure. Gino, Gina et maman n'aimeraient pas me voir m'effondrer comme une peureuse ! Il n'est absolument pas question que je meure ici, à Paris, comme ce *loser* de Jim Morrison. Je suis Jules, et « Jules » rime avec « Hercule » (pas comme « Juliette » qui rime avec « mauviette ») !

— Parce que tu crois que c'est si facile de se repérer dans le labyrinthe de ces trois cents kilomètres de galeries ? continue de se défendre Gaspard.

— Les équipes de secours auront le même problème, renchérit Nicolas.

— Ça leur prendra probablement des jours, sinon des semaines ! prédit Thomas, le désespoir dans la voix.

— OK ! Ça suffit, les gars ! coupé-je en me levant soudain, aussi surprise que mes compagnons de la subite fermeté de ma voix. Une chose est certaine, si nous nous disputons, nous ne sommes pas mieux que morts. Unis, nous sommes plus forts. (Eille, je fais des rimes là ! ☺) Dans ces circonstances, nous avons plus que jamais besoin les uns des autres. Nous sommes jeunes, en forme et intelligents. À nous cinq, nous dénicherons enfin la sortie !

—Jules a raison, approuve Arthur, convaincu.

—Oui, elle dit vrai, Jules, confirme Thomas, un sourire sur les lèvres.

—Je suis désolé, je ne sais pas ce qui m'a pris, il faut me pardonner, s'excuse Nicolas, penaud.

—Oui, elle a raison, commente Gaspard, admiratif. Tope là, Jules, t'as beau être la plus jeune, t'es le meilleur homme d'entre nous.

—Moi, je me rallie à elle, ose Thomas, sincère.

—Bravo, Jules ! s'écrient ensemble Arthur et Nicolas, dont l'enthousiasme semble miraculeusement revenu.

Nous scellons la fin de la discussion en nous frappant la paume de la main les uns les autres. Nos *high five* sont si retentissants que j'aurai probablement mal pendant une semaine ! Minimum ! Mais je suis en feu ! Soudain, je me sens beaucoup plus confiante. Gina serait fière de moi. Bon sang, que je peux être brillante, des fois ! ☺

Après en avoir discuté, il nous semble évident que la meilleure solution demeure de marcher, histoire de conserver notre chaleur corporelle. Et puis se mettre en mouvement donne aussi l'impression que le temps passe plus vite. Arthur suggère de continuer à semer des déchets derrière nous, afin de signaler notre présence à d'éventuels sauveteurs ou à d'autres cataphiles. Nous tombons tous d'accord là-dessus.

— Est-ce que nous ne devrions pas nous servir de ces indices pour rebrousser chemin ? proposé-je.

— Pourquoi rebrousser chemin ? Que veux-tu dire ? m'interroge Arthur.

— Eh bien, en classe nature, lorsque j'étais encore à l'école primaire, on nous a expliqué que, quand on se perd, mieux vaut demeurer à l'endroit où on est. Apparemment, cela maximiserait les chances d'être retrouvé.

— En supposant qu'une équipe de secours vienne effectivement à notre rescousse un jour, grommelle Nicolas, pas trop convaincu.

— Oui, admets-je, mais ne te laisse pas envahir par le découragement, j'ai une autre idée. Regardez sur quoi j'ai mis la main en fouillant dans mon sac ce matin.

Le sourire aux lèvres, je brandis un gros calepin et un stylo que j'avais laissés dans une des petites poches de mon sac à dos d'école après l'avoir vidé pour en faire mon bagage de cabine.

—Mouais, et tu penses en faire quoi de ce calepin ? ronchonne Gaspard, aussi sceptique que Nicolas.

—Retourner sur nos pas sera facile, du moins dans la partie où nous avons laissé des indices, je veux dire des détritus. Nous serons ainsi plus près de notre point de départ. Sur les feuilles du carnet, nous pourrions cartographier nos déplacements de manière à pouvoir facilement revenir en arrière, une fois que nous aurons marché, disons, un kilomètre dans chaque direction.

—Vous savez, remarque Thomas, elle n'a pas tort, et puis, il n'est pas impossible que le frère de Gaspard, avisé de notre disparition par ses parents, devine qu'il y a une chance que nous soyons ici.

—Thomas et Jules ont raison, reconnaît Arthur, même si la possibilité est infime, il ne faut pas perdre espoir.

Je poursuis sur ma lancée :

—Dans chaque salle que nous traverserons, je pourrais aussi laisser un message sur lequel on aura écrit nos cinq noms, avec la date d'aujourd'hui et l'heure, et expliquer que pour nous retrouver il faut suivre les déchets que nous avons semés. Rien ne nous empêche d'espérer qu'une équipe d'entretien ou d'inspection descendra dans les souterrains aujourd'hui.

— Ton optimisme est admirable, Jules! s'enthousiasme Nicolas.

— Oui, c'est vrai, nous ne perdons rien à essayer, approuve Arthur.

— Ça ne peut certainement pas nuire, confirme Thomas.

— D'accord, Juliette, ton plan me semble bon, adhère Gaspard. Bravo!

Venant de Gaspard, ce compliment me fait particulièrement plaisir. Soudain, je me sens forte, solide, invincible.

— On va s'en sortir, les gars! Allez, suivez-moi.

Laissant une note sur le sol, je quitte la salle sans me retourner, les garçons sur les talons.

15 H

Encore une fois, nous avons marché presque toute la journée. Éreintés, nous prenons une pause bien méritée. Nous avons atteint notre but, c'est-à-dire que nous sommes revenus à notre point de départ d'hier matin, lorsque nous avons décidé de semer des indices sur notre passage. Toujours pas la moindre trace de sauveteurs en vue. La faim et la soif auront-elles raison de notre enthousiasme ? Je ne sens plus mes jambes, je suis terriblement fatiguée et mon moral commence à flancher... Non ! Je redresse les épaules. Je dois donner l'exemple. Je NE SUIS PAS une mauviette.

— Je n'en peux plus, geint Thomas.

— Je suis plus fatigué que si j'avais couru un marathon, se lamente Arthur.

— Je meurs de soif, gémit Gaspard.

— Et moi de faim, se plaint Nicolas.

— Oh, regardez, là ! m'écrié-je. On dirait qu'une source émerge d'entre les pierres !

En effet, un mince filet d'eau ruisselle jusqu'au sol pour disparaître de nouveau dans une fissure. Je colle ma bouche sur la pierre miraculeuse. Hum, je n'ai jamais bu de meilleure eau ! Les garçons s'abreuvent aussi, chacun leur tour. Nos forces reviennent au fur et à mesure que l'eau coule dans nos gosiers. Jamais de ma vie je n'aurais cru souffrir si cruellement de la soif. Et dire que l'eau est tellement rare dans certains pays d'Afrique que des enfants meurent de soif chaque jour ! Mes amis et moi avons décidément beaucoup de chance.

Allongés sur le sol, la tête posée sur notre sac à dos, nous profitons de ce moment de grâce pour méditer en silence sur notre veine. Peu à peu, nous commençons à nous assoupir. Je préfère ne pas songer au fait qu'il ne nous reste que deux lampes fonctionnelles, dont celle qui est présentement allumée… Qu'adviendra-t-il de nous quand nous serons dans le noir complet ? Je pense à ma mère. À la douce lumière de son sourire, à l'éclat de ses cheveux blonds. Si je la revois un jour, la première chose que je lui dirai, c'est à quel point elle est belle et combien je l'aime.

17 H

Soudain, un faible bruit rompt le silence. D'abord sourd et lointain, le son est de plus en plus fort. *OMG !* Je suis la première à me redresser d'un bond.

—Vous avez entendu, m'écrié-je. On dirait que quelqu'un vient !

—Chut ! commande Arthur. Écoutez !

—Mais c'est qu'elle a raison ! s'exclame Thomas. Il y a du monde !

—Si nous pouvons les entendre, affirme Nicolas, ça veut dire qu'ils nous entendront aussi !

—Crions ! suggère Gaspard.

Sans attendre, nous commençons à nous époumoner :

— À l'aide! Au secouuurs!

— Venez par ici!

— Nous sommes là!

— Il y a quelqu'un?

— Nous sommes perdus!

Par bonheur, soudain, une voix nous répond:

— Continuez à crier, nous arrivons!

Hurlant de joie, je saute dans les bras d'Arthur et de Thomas. Gaspard et Nicolas nous étreignent en beuglant eux aussi et, tous ensemble, nous entamons une fabuleuse danse de la victoire. NOUS SOMMES TIRÉS D'AFFAIRE! C'est formidable! Des bruits de pas résonnent au bout du tunnel. J'entends aussi des voix, puis un puissant rai de lumière nous éblouit. Nous sommes sauvééés!

— Ils sont ici! Police, ne bougez plus, ordonne la voix de tout à l'heure.

Le ton est plus autoritaire et beaucoup moins amical, cette fois, me semble-t-il. J'ai la confirmation de la mauvaise humeur de l'homme lorsqu'il fait brusquement irruption dans notre salle, suivi de deux autres policiers équipés de grosses lampes frontales et… de pistolets.

— Vous êtes en état d'arrestation, ne bougez pas d'un pouce!

Misère!

17 H 15

Après s'être assurés que nous étions en bonne santé (tout de même!), les trois hommes nous escortent vers la sortie la plus proche, c'est-à-dire une... bouche d'égout, située à environ cinq cents mètres de la salle où nous étions. Pour l'atteindre, nous devons nous faufiler dans un couloir si étroit et bas qu'il faut marcher à la queue leu leu, le corps plié en deux. Heureusement, un des agents passe devant et nous éclaire le chemin avec une grosse torche électrique. Arrivés au bout, nous découvrons des barreaux de métal ancrés à une sorte de cheminée qui monte vers le ciel. L'échelle du paradis! À nous la liberté! Avec agilité, le policier escalade les échelons le premier. Puis c'est mon tour et celui de mes camarades d'infortune. Les deux autres sauveteurs ferment la marche. Mon cœur bat autant que si j'allais rencontrer Kevin Bazinet en personne!

Tout en haut, des bras secourables me tirent vers l'extérieur. Clignant des yeux, je m'aperçois que nous sommes au beau milieu d'une rue. La lumière m'aveugle. J'ai déjà perdu l'habitude... Puis j'entends s'élever une voix familière:

—Mais laissez-moi passer! Ôtez-vous de là! Puisque je vous dis qu'il s'agit de ma filleeette! Julieeeette! Julieeettte! C'est moooiiia! Je suis làààà!

Parlant sans arrêt, ma mère oscille entre deux attitudes. Elle me serre convulsivement contre sa poitrine en sanglotant ou elle me secoue comme un prunier. Mais je suis si contente de la revoir que je ne m'en formalise pas trop. Ce qu'il y a, c'est que je voudrais bien qu'elle cesse de me houspiller, par contre...

— Ma pauvre enfant, es-tu inconsciente ? As-tu pensé à moi un seul instant avant de te lancer dans cette folle aventure ? Qu'est-ce qui t'a pris ? Te rends-tu compte de la crainte et de l'angoisse dans lesquelles j'ai été plongée durant les deux interminables jours qu'a duré ce cauchemar ? Mon Dieu, on dirait que tu as maigri ! Regarde de quoi tu as l'air ! Une petite souillon. Tu es un véritable monstre ! J'ai eu le temps d'imaginer les pires scénarios... dont celui de t'avoir perdue à tout jamaiiis ! Moi qui t'aime tant !

Si elle se calme un jour, je pourrai peut-être lui dire à quel point je regrette... (Non mais, je rêve ! Et moi qui croyais que nos retrouvailles seraient aussi belles que dans un film tourné à Hollywood ! Pas forts les adultes, des fois... ☺)

Lundi 25 juillet

9 H

On dit de Paris que c'est la Ville lumière. Ce matin, c'est le cas plus que jamais! Chaud et réconfortant, le soleil entre à flots par la fenêtre ouverte, caressant mon visage! Aaah! C'est tellement bon!

Maman prétend que nous avons eu beaucoup de chance, les garçons et moi, de ne pas être conduits en prison, hier. La vérité, c'est que les brigadiers se sont contentés d'un sévère avertissement et d'une amende de cinquante euros chacun lorsqu'ils ont constaté que nous avions tous moins de seize ans… Notre petit groupe s'est dispersé sans que nous ayons eu l'occasion de nous dire adieu. Ça m'a chagrinée. Notre mésaventure nous avait soudés… Ma mère m'a ramenée à la maison en taxi. Après une douche chaude et un somptueux plat de spaghettis à la sauce bolognaise, je me suis mise au lit, éperdument reconnaissante de bénéficier de tant de confort. Ce matin, je me suis réveillée à côté de maman, mon éléphanteau entre nous. Ça aussi, c'était bon! Et là, l'odeur des crêpes qu'elle est en train de me préparer me donne vraiment l'impression de connaître le nirvana. Après avoir passé une grande partie de mon séjour ici dans les ténèbres des catacombes, je trouve que ce n'est pas rien! ☺

C'est notre dernier jour à Paris. Hier, ma mère a bouclé nos bagages... Nous devons partir ce soir. Je suis triste à l'idée de ne pas revoir Arthur et les autres avant mon départ. Maman assure que l'oncle et la tante d'Arthur l'ont sévèrement puni et qu'il en va probablement de même pour les autres. Pauvre Arthur! Pauvres Thomas et Nicolas! J'espère qu'on n'aura pas été trop dur avec eux à cause de mon entêtement à vouloir suivre Gaspard dans les catacombes. Quant à lui, il m'aura au moins fait passer pour toujours l'envie de mentir à ma mère et de frimer en buvant de la bière...

— Après l'épreuve que nous venons de traverser ces derniers jours, je m'en voudrais de quitter Paris sur cette sombre impression. Il existe de si jolis endroits, ici. J'ai donc décidé d'aller voir l'un des plus beaux joyaux de la région parisienne. Ça effacera nos mauvais souvenirs.

— Ah oui ? On va où ?

— Habille-toi. Je t'emmène visiter un château.

— Vraiment ?

— Oui, mais pas n'importe lequel. Le plus beau de toute l'Europe !

— Oh !

J'aime ça, les châteaux, moi !

11 H 30

Nous sommes au château de Versailles. Le plus splendide et éblouissant palais que j'aie vu de ma vie ! (Elle avait raison !) Rien à voir avec le Château Frontenac, c'est moi qui vous le dis. (Ce n'est pas que je ne le trouve pas beau, le Château Frontenac. Il est magnifique, bien sûr, mais il est beaucoup plus petit que celui-ci !) Le palais de Versailles est tout blanc, avec des dorures partout ! (Je me demande s'il s'agit d'or véritable...) En ce moment, nous sommes dans les jardins. Ils sont gigantesques ! Çà et là, des dizaines de statues toutes blanches sont posées sur la pelouse verte. Wow, je manque de mots ! Il faut que vous alliez voir ça, vous aussi ! C'est plus beau que dans les films de princesse ! De grands bassins d'eau bleue ornés de sculptures dorées représentant des angelots apportent l'apaisement. Et puis, le temps est splendide et le soleil déverse toute la lumière du monde autour de moi. Le ciel est si pur et si limpide qu'il me semble irréel. Comme je suis chanceuse d'être ici avec ma mère en comparaison de la désolation des catacombes où je me trouvais encore hier !

— Dis, m'man, qui vivait ici ?

— Versailles a d'abord été construit pour marquer la gloire du règne du roi Louis XIV, ma poussinette.

— Je ne le connais pas...

— C'est celui qu'on a surnommé le Roi-Soleil. Il était l'époux de Marie-Thérèse d'Autriche, dont il a eu trois filles et trois garçons. C'étaient les célébrités de l'époque, tu vois. Tu veux visiter l'intérieur du château ?

— Oh oui !

13 H

Dans le château, on visite la chambre du roi et, dans une autre pièce, la chambre de la reine. (Il paraît que les reines de France y donnaient naissance aux enfants royaux devant toute la cour ! Avec une telle absence de vie privée, ça ne doit pas être si cool que ça d'être reine... Heureusement que j'ai d'autres ambitions !) Partout, de l'or et des dorures, des sculptures ou des ornements nous entourent. Je reste bouche bée devant tant de richesses!

La pièce maîtresse, tenez-vous bien, est une salle de bal qui s'appelle la «galerie des Glaces». Maman dit qu'elle était destinée à éblouir les visiteurs. Elle est éclairée par dix-sept fenêtres et les murs sont recouverts de miroirs sur soixante-dix mètres de long. Il y a trois cent cinquante-sept miroirs, paraît-il. Wow! Ça, c'est des miroirs! Mais ce n'est pas tout. Au plafond, des dizaines de lustres de cristal ciselé éclairent la pièce d'une somptueuse lumière. Il est difficile d'expliquer à quel point c'est beau! Je n'ai jamais rien vu d'aussi fascinant. J'adooore la lumière, moi!

14 H 45

Ma mère regarde sa montre. Veut-elle déjà partir?

— Dis, pitchounette, si on se dépêche, on a peut-être le temps d'une ultime petite virée aux Galeries Lafayette! Qu'en penses-tu?

— Ma-man!

Non mais, je rêve ou elle a vraiment perdu toute maîtrise d'elle-même en matière de magasinage? On se demande soudain qui est la mère et qui est la fille! ☺

— OK, OK. Oublions cela ! fait-elle en rougis-
sant.

Une vraie ado !

15 H

À regret, nous retournons en direction de
l'appartement de la rue Léon Frot. Pour quitter
Versailles, il faut prendre le RER puis le métro.
En pénétrant pour la dernière fois dans le sous-sol
de Paris, je ne peux m'empêcher de frissonner.
Pourvu qu'aucune panne de courant ne survienne !
Heureusement, nous n'avons pas à y rester long-
temps.

Dans la voiture du métro, il y a une affichette
qui dit :

L'amour ne s'explique pas !
C'est une chose comme ça
Qui vient on ne sait d'où
Et vous prend tout à coup.

Assise sur mon siège, je rêvasse. J'ai bien aimé
Paris, ses mystères et ses trésors, mais je ne suis
pas fâchée à l'idée de rentrer et de retrouver mon
univers familier. À Québec, Gina (la voix de ma
bonne conscience ☺) m'attend et Gino sera de

retour d'Argentine sous peu! L'été n'est pas terminé et nous aurons l'occasion d'avoir plein d'activités. Arthur et les autres vont sans doute me manquer, mais… La voix de maman interrompt le flot de mes pensées.

—C'est une citation tirée d'une chanson d'Édith Piaf, me renseigne-t-elle.

—Quoi?

—La phrase que tu viens de lire. Elle est d'Édith Piaf.

—C'est qui, celle-là?

—Une très célèbre chanteuse française qui a vécu bien avant ta naissance. Nous avons vu sa tombe au cimetière du Père-Lachaise. Tu ne te rappelles pas?

—Non. (Je n'y tiens pas du tout, en fait!) Dis, maman-aaan?

—Oui, poussinette?

—Mon père, il est mort ou vivant?

Elle a le souffle coupé un petit moment. Puis elle se reprend:

—On en parlera à la maison.

19 H

Après être passées à l'appartement pour prendre nos bagages, nous sommes dans le taxi pour aller à l'aéroport Roissy-Charles-de-Gaulle. Le chauffeur a gentiment proposé de nous emmener faire un dernier tour de Paris. Je vois la ville entière défiler sous mes yeux : la tour Eiffel, les immeubles en pierre blanche, l'Opéra Garnier, les grands boulevards...

Je repense à ma semaine ici, à la noirceur des catacombes, bien sûr, mais aussi aux belles choses que j'ai vues et vécues : aux amitiés que j'ai nouées, aux nouveaux plats que j'ai goûtés, à Versailles, à sa lumière et au Roi-Soleil, à Gustave Eiffel, dont le bureau touche presque le ciel, et aux Galeries Lafayette surmontées d'un dôme de verre chatoyant... Maman réfléchit probablement aussi à tout cela de son côté, puisqu'elle est silencieuse comme moi. Enfin, jusqu'à présent.

—Quel merveilleux voyage nous avons fait malgré tout, ma pucette !

—Oh, oui ! Mais j'aimerais bien qu'on se tienne tranquilles un moment, là.

Elle sursaute et affiche un air surpris.

—Ne me dis pas que j'ai oublié de t'en parler ?

—Me parler de quoi ?

—Le rédacteur en chef du magazine *Bout du monde* m'a contactée pendant que tu faisais la fête dans les catacombes.

—Ah oui ? Et il t'a dit quoi ?

— J'ai une nouvelle affectation pour le début du mois prochain.

— Ah nooon! Moi qui pensais avoir du temps à consacrer à mes amis, pour une fois!

— Tu as le temps. Nous ne partons que dans deux semaines.

— Dans deux semaines! Déjà! Et pour aller où cette fois?

— Je te dirai ça quand nous serons de retour à la maison.

Décidément, elle en aura des choses à me dire…

23 H

Nous sommes montées à bord à 22 h 30 et l'avion vient de décoller. Vu du ciel, Paris, si géant lorsqu'on le parcourt à pied ou en métro, ressemble maintenant à un village de poupée. J'écrase une larme sur ma joue, puis une autre. Adieu, Paris, adieu, mes amis. Je vous reverrai sans doute un jour, mais en attendant, sachez que je vous garde une place au chaud dans mon cœur, aujourd'hui et pour toujours! XOXOXO

Sur les pas de Juliette

MINIGUIDE DE TA VISITE À PARIS

On surnomme Paris la « Ville lumière ». Sans doute parce qu'elle abonde en merveilles et trésors. On peut voir des millions de choses là-bas, et je suis loin d'avoir tout visité. Oh oui ! Il y a beaucoup plus que la tour Eiffel et le Louvre ! Mieux vaut se rendre à l'évidence, il faut parcourir Paris plusieurs fois pour bien la connaître (la ville compte vingt arrondissements, rien de moins). J'y retournerai un jour, ça, c'est certain. Je t'en souhaite autant. ☺ En attendant, tu trouveras dans ce miniguide mes adresses et attractions préférées.

Paris est la capitale de la France. Ça, tu le savais probablement déjà, mais savais-tu que c'est une des villes parmi les plus peuplées d'Europe ? Un peu plus de deux millions de personnes vivent à Paris et, si on tient compte de sa banlieue, l'agglomération parisienne regroupe près de douze millions d'habitants. É-nor-me, non ?

De tout temps, Paris a attiré les touristes et les artistes. Symbole de la culture française, la ville reçoit près de trente millions de visiteurs chaque année. Des peintres, des musiciens, des écrivains et des cinéastes célèbres venus du monde entier y ont séjourné et y ont trouvé l'inspiration. Capitale des arts, du luxe et de la mode, à la fois ville historique et moderne, Paris est une star internationale!

ARRIVER À PARIS ET SE RENDRE DANS LE CENTRE

Selon la compagnie aérienne choisie, tu atterriras à l'aéroport Charles-de-Gaulle, à Orly ou à Beauvais. Charles-de-Gaulle est le plus grand aéroport de Paris. Il est situé à Roissy-en-France, à environ trente kilomètres au nord de la capitale. Orly est le deuxième aéroport en importance. Il se trouve à quinze kilomètres au sud de la ville. Enfin, le petit aéroport de Beauvais se tient à plus de quatre-vingts kilomètres au nord de Paris. Taxi, bus, minibus et RER (Le réseau express régional est un réseau ferroviaire desservant la banlieue parisienne) te permettront de rejoindre le centre.

Paris possède aussi six grandes gares: la gare de Lyon, la gare de l'Est, la gare du Nord, la gare Saint-Lazare, la gare d'Austerlitz et la gare Montparnasse. La gare de Lyon, principale gare de la ville, dessert le sud de la France, les Alpes, l'Italie, la Suisse et Monaco. La gare de l'Est reçoit les trains en provenance de l'est de la France, de l'Allemagne, de la

Suisse et de l'Autriche. La gare du Nord accueille des trains venant de Lille, Bruxelles, Liège, Mons, Anvers, Londres et Amsterdam. La gare Saint-Lazare relie la Normandie à la capitale. Les gares Montparnasse et d'Austerlitz sont dédiées à la Bretagne, au sud-ouest de la France et à l'Espagne.

MONNAIE

La France a adopté la monnaie unique européenne, l'euro, en janvier 2002. Il existe sept billets arborant tous les douze étoiles de l'Union européenne : le plus petit est celui de 5 euros, de couleur grise, suivi du billet de 10 euros, qui est rouge, du billet bleu de 20 euros, du billet orange de 50 euros, du billet vert de 100 euros, de celui de 200 euros, brun-jaune, et enfin, de celui de 500 euros, qui est violet. La monnaie comprend aussi huit pièces : celles de 2 euros, 1 euro, 50 centimes, 20 centimes et 10 centimes sont dorées, tandis que celles de 5 centimes, 2 centimes et 1 centime sont de couleur bronze.

SE DÉPLACER

Comme c'est souvent le cas en Europe, la voiture est sans doute l'un des pires moyens pour se déplacer à Paris. La circulation, même en taxi, y est infernale ! Par contre, le réseau de transport en commun est absolument remarquable et plutôt abordable. Selon ta destination, il sera préférable de prendre le métro ou le RER. À elle seule, la RATP (Régie autonome des transports parisiens) gère quatorze lignes de métro, et des centaines de stations sont disséminées dans tous les arrondissements. Les tickets de métro et de RER sont en vente dans toutes les stations et même dans les aéroports. Le plus économique est de les acheter en carnet de dix. (Attention de bien conserver ton titre de transport sur toi jusqu'à la sortie puisqu'on ne sait jamais quand on va tomber sur un contrôleur chargé de le vérifier, et les amendes sont salées !)

VISITER

Tu en as rêvé, et avec raison. Le chef-d'œuvre de Gustave Eiffel t'attend dans toute sa splendeur et les Galeries Lafayette s'offrent à toi. Mais tant d'autres lieux valent une visite qu'il faudrait plus d'une année de tourisme intensif pour en faire le tour ! Voici donc quelques suggestions seulement...

Notre-Dame de Paris

L'architecture médiévale de cette cathédrale devrait te plaire, surtout si tu as vu le film de Walt Disney et que tu as envie de contempler de véritables gargouilles et chimères. Le bâtiment se dresse au beau milieu de la Seine, sur la petite île de la Cité, berceau de la ville. Songe qu'il a fallu cent soixante-dix ans pour en achever la construction ! Cela signifie notamment que plusieurs dizaines de générations de maçons, d'architectes, de tailleurs de pierre, de sculpteurs et d'ouvriers s'y sont succédé.

6, parvis Notre-Dame – place Jean-Paul II
75004 Paris
http://www.notredamedeparis.fr

La crypte archéologique

Aménagée sous le parvis de Notre-Dame, cette crypte présente les vestiges de rues et de maisons datant d'aussi loin que l'époque gallo-romaine, au moment où Paris s'appelait Lutèce, sous le règne de l'empereur Auguste, vingt-sept ans avant Jésus-Christ. Un véritable voyage dans le temps !

http://www.crypte.paris.fr

Musée du Louvre

Ne quitte pas Paris sans avoir vu *La Joconde*, le tableau le plus célèbre du monde ! Avant d'être un musée, le Louvre était le palais où habitaient les rois de France. L'édifice est donc somptueux et vaut le déplacement. À elles seules, les pyramides situées dans la cour intérieure font partie des monuments les plus photographiés à Paris. L'entrée du musée est gratuite pour les enfants et les étudiants, ce qui n'est pas rien. Attention, il y a foule ! Heureusement, il est possible d'acheter les billets en ligne. Tout près, le jardin des Tuileries te charmera. L'été, on y installe une fête foraine, avec des manèges et une grande roue.

75058 Paris
http://www.louvre.fr

Jardin du Luxembourg

Superbe oasis de verdure au cœur d'un très joli quartier, dans le 6ᵉ arrondissement, le jardin du Luxembourg est l'un des plus beaux et des plus agréables parcs de Paris. Si le cœur t'en dit, tu pourras même louer ton propre voilier miniature à faire voguer sur le grand bassin.

75006 Paris

Entrées: place Edmond Rostand, place André Honnorat, rue Guynemer, rue de Vaugirard

Les catacombes

Si tu souhaites toi aussi descendre dans les catacombes, assure-toi de le faire pendant les heures de visite officielle! ☺ L'ossuaire dans lequel furent notamment transportés les ossements du cimetière des Innocents, fermé en 1786, est ouvert aux visites tous les jours de 10 h à 20 h. On dit qu'il contient les restes de six millions de personnes! Ça en fait des montagnes d'os!

1, avenue du colonel Henri Rol-Tanguy

75014 Paris

http://www.catacombes.paris.fr

Les égouts de Paris

Ça peut paraître incroyable, mais il est possible de visiter les égouts de Paris! Dans les galeries souterraines, des plaques indiquent les noms des rues dont les égouts suivent le tracé. L'entrée est située en face du 93, quai d'Orsay, dans le 7ᵉ arrondissement. Consulte le site Internet pour plus de détails. ☺

http://www.egouts.tenebres.eu/visite.php

Cimetière du Père-Lachaise

C'est le cimetière le plus prestigieux de Paris. Tu y trouveras les tombes de personnages aussi célèbres que Frédéric Chopin, Molière et Amedeo Modigliani. Parions que tes parents ne voudront pas manquer celle de Jim Morrison, le chanteur des Doors, décédé à Paris en 1971.

16, rue du Repos

75020 Paris

http://www.pere-lachaise.com

Le Manoir de Paris

Pour en apprendre plus sur les légendes de Paris et vivre quelques émotions fortes, je te conseille une visite au Manoir de Paris, où des comédiens mettent en scène des tableaux relatant diverses légendes. Frissons garantis !

18, rue du Paradis

75010 Paris

http://www.lemanoirdeparis.fr

Opéra national Garnier

Un bâtiment aussi magnifique que mythique, situé tout près des Galeries Lafayette. Des visites guidées sont possibles.

Place de l'Opéra
8, rue Scribe
75009 Paris
http://www.operadeparis.fr

Parc de la Villette

Cet immense parc urbain est le rendez-vous des familles et des jeunes. Aires de jeux, location d'embarcations, cinéma en plein air, Cité des sciences et de l'industrie, les activités qui y sont proposées sont nombreuses.

211, avenue Jean Jaurès
75019 Paris
http://lavillette.com

Château et parc de Versailles

Si tu as le temps de faire cette visite, le château comme le parc devraient t'éblouir tant ils sont somptueux. Je te recommande en particulier la galerie des Glaces et sa vue des jardins.

Place d'Armes
78000 Versailles
http://www.chateauversailles.fr/

MANGER

Ne sois surtout pas effrayé à l'idée de devoir te contenter d'escargots, de foie gras, d'huîtres, de cuisses de grenouilles, de boudin ou de tripes. Ce ne sera pas le cas ! ☺ On trouve et on mange de TOUT à Paris. Des quantités de restaurants proposent toutes les spécialités imaginables, pour toutes les bourses. Parole de Jules ! (Non seulement Paris est la capitale mondiale de la gastronomie, mais on peut même y manger des spaghettis !) Aussi, chaque arrondissement compte des boulangeries (je suis folle des croissants au beurre et des pains au chocolat), des pâtisseries, des charcuteries, des fromagers, des traiteurs et des épiceries fines qui rivalisent de talent pour proposer à leur clientèle une variété impressionnante de produits de grande qualité, propres à satisfaire non seulement les appétits les plus féroces, mais aussi les palais les plus délicats. Les cafés de Paris et leurs terrasses sont célèbres. Du plus simple au plus chic, ils font partie des mœurs, de la tradition. C'est un plaisir de s'y asseoir pour boire un verre et prendre le temps d'observer le mouvement de la vie parisienne. À goûter absolument : la baguette au levain, le fromage camembert, les crêpes, les saucissons de toutes sortes, le poulet fermier, le gratin dauphinois, la soupe à l'oignon gratinée, le croque-monsieur, les macarons et les flans au caramel. Mium ! Tu m'en donneras des nouvelles !

Enfin, si par hasard tu te trouves dans le 11e arrondissement et que l'envie te prend de saluer mon ami

Arthur, propose à tes parents un arrêt au Bistrot Mélac :

42, rue Léon Frot
75011 Paris
http://bistrot-melac.fr

UN PEU D'HISTOIRE

L'histoire de Paris remonte à l'époque où ce n'était qu'un village habité par la tribu des Parisii, installée sur l'île de la Cité. Une colonie romaine s'y établit ensuite et baptisa l'endroit Lutetia. Puis les Francs succédèrent aux Romains. La cathédrale Notre-Dame fut construite au Moyen-Âge et l'université de la Sorbonne accueillit ses premiers étudiants en 1253. La tour Eiffel fut édifiée en 1889, le métro, inauguré en 1900 et l'histoire se poursuit...

CHRONOLOGIE

-300 La tribu des Parisii s'installe sur l'actuelle île de la Cité.

-52 Les Romains font la conquête de la ville et la baptisent Lutetia.

200 Les Romains bâtissent des arènes, des thermes et des villas.

1163 Début de la construction de la cathédrale Notre-Dame.

1253 Fondation de la Sorbonne.

1430 Jeanne d'Arc est vaincue devant Paris. Elle est ensuite brûlée vive...

1516 Léonard de Vinci, à qui l'on doit *La Joconde*, s'installe à Paris à l'invitation du roi François Ier.

1559 Les premiers éclairages de rue apparaissent. On dit que c'est grâce à cette innovation que l'on surnomma Paris la « Ville lumière ».

1682 Sous Louis XIV, dit le « Roi-Soleil », la cour s'établit au château de Versailles.

1702 Paris est divisé en vingt quartiers.

1789 Prise de la Bastille, Déclaration des droits de l'homme et du citoyen.

1793 Arrestation et exécution à la guillotine de Louis XVI et de Marie-Antoinette.

1804 Sacre de Napoléon.

1889 Exposition universelle de Paris et inauguration de la tour Eiffel.

1898 Pierre et Marie Curie découvrent le radium.

1900 Inauguration du métro de Paris.

1906 Construction de la coupole de l'édifice principal des Galeries Lafayette.

1940 Occupation de Paris par les Allemands lors de la Seconde Guerre mondiale.

1944 Libération de Paris par les Alliés.

1989 Célébration du bicentenaire de la Révolution française.

2002 L'euro remplace le franc français.

20xx Visite de Juliette.

20xx Ta visite.

QUESTIONNAIRE

(Juste pour s'assurer que tu as bien retenu ce que tu as lu. ☺)

1. L'année 1559 a été marquée par une grande innovation dans les rues de Paris. On dit même qu'elle est à l'origine de l'expression « Paris Ville lumière ». De quoi s'agit-il ?
 a. De l'exposition universelle
 b. De la visite du pape
 c. Des Jeux olympiques
 d. De l'apparition des premiers éclairages de rue

2. Trouve l'intrus parmi ces célèbres habitants de Paris.
 a. Charlie Chaplin
 b. Jim Morrison
 c. Amedeo Modigliani
 d. Victor Hugo
 e. Molière

3. Quel nom les Romains donnèrent-ils à Paris ?

a. Parisii
b. Lutetia
c. La Ville lumière
d. Parlàbas

4. Qui a peint le célèbre tableau que l'on a baptisé *La Joconde* et qui est exposé au musée du Louvre ?

a. Léonard de Vinci
b. Amedeo Modigliani
c. Salvador Dali
d. Pablo Picasso

5. De quelle époque date la construction de la cathédrale Notre-Dame ?

a. De la fin du XIXe siècle, comme la tour Eiffel
b. Du XXe siècle, au moment de la sortie du film de Walt Disney, *Le Bossu de Notre-Dame*
c. Du Moyen-Âge
d. De la fin de la Seconde Guerre mondiale

6. Qui a écrit le roman *Notre-Dame de Paris* ?

a. India Desjardins
b. Léonard de Vinci
c. Victor Hugo
d. Bryan Perro

7. Trouve l'intrus parmi ces spécialités culinaires françaises que l'on peut déguster à Paris.

    a. Huîtres crues

    b. Moules marinières

    c. Escargots à l'ail

    d. Cuisses de grenouilles

8. Quel était le métier de Gustave Eiffel?

    a. Ingénieur

    b. Architecte

    c. Parachutiste

    d. Écrivain

9. À quelle adresse est située l'entrée des catacombes accessible au public?

    a. 8, rue Scribe

    b. 1, avenue du colonel Henri Rol-Tanguy

    c. 6, parvis Notre-Dame

    d. 211, avenue Jean Jaurès

10. Dans quel arrondissement de Paris ma mère et moi nous sommes-nous installées?

    a. Le 1er arrondissement, près de la tour Eiffel

    b. Le 17e arrondissement

    c. Le 11e arrondissement, près du cimetière du Père-Lachaise

    d. Le 24e arrondissement

11. Comment s'appelle le château que je visite avec ma mère juste avant de rentrer au Canada?

   a. Le château de Versace

   b. Le château de Fontainebleau

   c. Le Château Frontenac

   d. Le château de Versailles

12. Si on tient compte de la banlieue, combien d'habitants vivent dans l'agglomération parisienne?

   a. 2 millions

   b. 12 millions

   c. 44 millions

   d. 4 millions

Réponses
en page 263

Ton carnet de visite

Date: _____ **Météo:** _____

Visites du jour: _____

_____

_____

_____

_____

Avec qui? _____

Tes impressions: _____

_____

_____

_____

_____

_____

_____

_____

_____

_____

_____

Date :_____ **Météo :**_____

Visites du jour :_____
_____
_____
_____
_____

Avec qui ?_____

Tes impressions :_____
_____
_____
_____
_____
_____
_____
_____
_____
_____
_____
_____
_____
_____

Date: _____   **Météo:** _____

Visites du jour: _____

_____

_____

_____

_____

Avec qui? _____

Tes impressions: _____

_____

_____

_____

_____

_____

_____

_____

_____

_____

_____

_____

_____

_____

_____

Date: _____ **Météo:** _____

Visites du jour: _____
_____
_____
_____
_____

Avec qui? _____

Tes impressions: _____
_____
_____
_____
_____
_____
_____
_____
_____
_____
_____
_____
_____
_____
_____

Date: _____ **Météo:** _____

Visites du jour: _____

_____

_____

_____

_____

Avec qui? _____

Tes impressions: _____

_____

_____

_____

_____

_____

_____

_____

_____

_____

_____

_____

_____

_____

_____

_____

Date: _____ **Météo:** _____

Visites du jour: _____

_____

_____

_____

_____

Avec qui? _____

Tes impressions: _____

_____

_____

_____

_____

_____

_____

_____

_____

_____

_____

_____

_____

_____

Date : _____ **Météo :** _____

Visites du jour : _____

_____

_____

_____

_____

Avec qui ? _____

Tes impressions : _____

_____

_____

_____

_____

_____

_____

_____

_____

_____

_____

_____

_____

_____

_____

Date: _____ **Météo:** _____

Visites du jour: _____
_____
_____
_____
_____

Avec qui? _____

Tes impressions: _____
_____
_____
_____
_____
_____
_____
_____
_____
_____
_____
_____
_____
_____

Date: _____ **Météo:** _____

Visites du jour: _____
_____
_____
_____
_____

Avec qui? _____

Tes impressions: _____
_____
_____
_____
_____
_____
_____
_____
_____
_____
_____
_____
_____
_____
_____
_____
_____

Date: _____ **Météo:** _____

Visites du jour: _____
_____
_____
_____
_____

Avec qui? _____

Tes impressions: _____
_____
_____
_____
_____
_____
_____
_____
_____
_____
_____
_____
_____
_____
_____

RÉPONSES AU QUESTIONNAIRE

1. d.

2. a. Charlie Chaplin, évidemment.

3. b. Lutetia, et certainement pas Parlàbas…

4. a. Léonard de Vinci, bien sûr !

5. c. Du Moyen-Âge.

6. c. Victor Hugo. Ben oui, tiens. Si tu as raté cette question, c'est que tu es vraiment nul(le) en histoire. Comme moi, malheureusement…

7. d. La grenouille n'est PAS un mollusque.

8. a. Il était ingénieur.

9. b.

10. c. En passant, il n'y a que vingt arrondissements à Paris.

11. d. Depuis quand le Château Frontenac est-il en France ?

12. b.

Si tu as accumulé sept bonnes réponses ou plus, tu es dorénavant un(e) véritable spécialiste de la ville de Paris. Toutes mes félicitations ! ☺

De la même auteure

Juliette à New York, roman, Montréal, Hurtubise, 2014.
Juliette à Barcelone, roman, Montréal, Hurtubise, 2014.
Juliette à La Havane, roman, Montréal, Hurtubise, 2015.
Juliette à Amsterdam, roman, Montréal, Hurtubise, 2015.
Juliette à Québec, roman, Montréal, Hurtubise, 2016.
Juliette à Rome, roman, Montréal, Hurtubise, 2017.
Juliette à San Francisco, roman, Montréal, Hurtubise, 2017.

Suivez Juliette sur Facebook:
https://www.facebook.com/SerieJuliette?fref=ts

Viens nous rejoindre
/HpourHurtubise
/editions_hurtubise

GARANT DES FORÊTS
INTACTES

Réimprimé en novembre 2018
sur les presses de Marquis-Gagné
Louiseville, Québec

Imprimé sur du papier québécois 100 % recyclé